厳しい女上司が高校生に戻ったら俺にデレデレする理由

Why is my strict boss melted by me ?

4

「からい」
「つらい」

「わかったようなこと言わないでくださいよ！
綺麗ごと言わないでくださいよ！」

その叫びを聞いて、課長の表情が変わった。

Character
下野七哉
Nanaya Shimono
右色小栗
Oguri Ushiki
上條透花
Toka Kamijo

田所鬼吉
Onikichi Tadokoro
左近司琵琶子
Biwako Sakonji
中津川奈央
Nao Nakatsugawa

Contents

WHY IS MY STRICT BOSS MELTED BY ME ?

厳しい女上司が高校生に戻ったら俺にデレデレする理由４
～両片思いのやり直し高校生生活～

徳山銀次郎

カバー・口絵　本文イラスト
よむ

――プロローグ

Why is my strict boss melted by me?

「ずっと――大好きでした！　私と付き合ってください！」

いわし雲が流れる夕焼けの下で、俺《おれ》、下野七哉《しものななや》は、年下女子の右色小栗《うしきおぐり》に告白された。

決意の文化祭にすると誓った今日の日。

彼女に告白されて、ようやく本当の気持ちに気付くことができた。

そして、その気持ちを、目の前にいる、小さな彼女に伝えよう。

「小栗ちゃん、ありがとう。俺、すごく嬉《うれ》しいよ」

彼女のオレンジ色に反射する瞳《ひとみ》をまっすぐに見つめながら、俺はゆっくりと言葉にする。

「下野先輩……じゃ、じゃあ、私と……」

「でも、ごめん――」

「え……」

純粋で、強くて、綺麗《きれい》な彼女の告白を受けて、嘘偽《うそいつわ》りなく、俺には小栗ちゃんが魅力的に見えた。

こんな魅力的な女の子から告白されて、どれだけ俺は幸せ者なんだと、そう、正直に思えた。

めちゃくちゃ嬉しかった。

めちゃくちゃ嬉しくて、年甲斐《としがい》もなく涙が出そうになって。

だけど、それでも、俺の中にハッキリと存在するのだ。

上條透花《かみじょうとうか》が——。

右色小栗が俺にとって魅力的であることが嘘偽りないと同時に、上條透花が俺の中でかけがえのない存在であることも、また真実なのだ。

俺は、やっぱり、課長が好きだ。

上條透花に恋しているのだ。

だから……。

「俺には……」

「俺には好きな人がいるんだ、ですか?」

「え……?」

「また……また下野先輩は私より上條課長を選ぶんですね」

ずっと俺に向けられていた視線がふいに外れ、小栗ちゃんは小さく、つぶやいた。

その雰囲気は今まで見てきた右色小栗とは別人で、わかりやすく表現するなら。

そう、中学生にはとうてい見えなかった——。

第1章 カリスマギャルは年下女子にダマされる

Why is my strict boss melted by me?

少しずつ冬の気配が見え始め、肌寒さの続く、十一月。

日差《ひざ》しが心地よく包んでくれるお昼すぎのファミレスで、俺《おれ》は右色小栗《うしきおぐり》と向かい合っていた。

文化祭から数週間が経《た》った、土曜日のことである。

文化祭。

衝撃的な、あの文化祭。

その衝撃が本当に衝撃だったのか、俺は確認しなければいけない。

「右色さんは、本当にタイムリープしているんだよね」

「だから、そうですよ」

グーで握った手の内側に顎《あご》をのせて、小栗ちゃんが俺に応《こた》える。そして、すまし顔でズズっとブラックコーヒーをすすった。オフ会のときはかわいらしく、アップルジュースとか飲んでたのに……。

「まさか右色さんもタイムリープしてただなんて……」

「その右色さんって呼び方やめてください。なんですか、振った女とは距離を取るタイプなんですか下野《しもの》先輩は。あっ！　だから一度目の時代と比べて、タイムリープしてからの下野先輩はやけに私を避けてたんですね！」

「ち、ち、違うよ！　ほら、中学生だと思ってたから小栗ちゃんって呼んでたけど、本当は大人なんでしょう？　なのに、ちゃん付けで呼ぶのはさすがに失礼かなと……」

「今は正真正銘の中学生です。それに大人の時点でも下野先輩より年下ですよ」

「あはは……それも、そうか。それで、小栗ちゃんは、俺がタイムリープしていることも気付いていたんだよね？」

一番気になっていた話題はそれだ。

「はい、まあ」

「いつから？」

「オフ会の日にはなんとなく」

「早っ！」

オフ会って初対面の日じゃないか！　この子はエスパーなのか⁉　それとも実はタイムリープ三周目とか？　いや、三周目どころか、青髪の巫女《みこ》さんや、紫髪の宇宙人、はたまた黒髪の魔法少女みたいに、何度も何度もループしているタイムリープの大先輩なのかも！

「いやいや、私もタイムリープ初心者ですよ！　あんな露骨に上条《かみじょう》課長のことを『課長』

だなんて呼んでいたら、まず、すぐに疑うのは当然でしょう」

ぐうの音《ね》も出ない正論が返ってきた。確かに、俺の課長呼びは、周りの友人たちからも不思議に思われるのだから、十一年後の俺と課長を知っている小栗ちゃんからしたら、さぞ、怪しく見えただろう。もちろん、課長呼びを受け入れていた上條透花《とうか》自身も、必然的にタイムリープしているという容疑がかけられるわけだ。

「そもそも、こっちからしてみれば、下野先輩たちが私のタイムリープに気付かなかったことのほうが不思議なんですよ。私の髪型だって、一度目とは違ってますよね？　あ……そうか。一度目の私の髪型なんて、覚えているわけないですよね」

「覚えてる、覚えてる！　すぐに気づいたよ！　かわいくなったなって！」

小栗ちゃんは顔を赤くしながら続ける。

「じゃ、じゃあ、なおさら、なんで私がタイムリープしているかもって考えにならなかったんですか？」

「それは……そういった変化はすべて、俺と課長がタイムリープしたバタフライ効果の影響によるものなのかなって」

「はあ？」

なんか小栗ちゃんのキャラ変わってる！

「おかしいかな？」

「じゃあ、小冬《こふゆ》ちゃんのことは？　奈央《なお》先輩だって、田所《たどころ》先輩だって、みんな明らかに変化していましたよね？」

「うん、まあ、俺たちがタイムリープしてきたときには、もう変わってたね。でも、それもバタフライ効果だろうねって課長と話がまとまって」

「波自体が立ってないのに結果だけ出ているバタフライ効果がありますか！　下野先輩たちがタイムリープしただけで、あれだけの変化があるなら、それはもうタイムリープじゃなくてパラレルワールドですよ。三人の変化の原因は全部、私が作ったんです！」

変化の原因が小栗ちゃん。それはなんとなく予想していた。小栗ちゃんがタイムリープしていると知ったあとに、いろいろと俺なりにも考察ってやつをしてみたが、やっぱり小栗ちゃんがあの三人と面識があるということは不自然であり、彼女が接点を持つなにかしらの行動を取ったのだろうと推測できる。

「まあ、私も接点を持ちたくて持ったんじゃないですけどね」

引き続きコーヒーをすする小栗ちゃん。ブラックコーヒーがここまで中学生に似合わないとは。違和感バリバリだ。

「ところで、上條課長とはその後、どうなんですか下野先輩？」

「うーん、なんか気まずくて、あれ以来、全然話せてないんだよね。向こうも俺を避けているというか。文化祭で俺を呼び出した真意も、来なかった理由もわからないままだし……。

あの、小栗ちゃん……本当にあの日、課長は、俺に屋上に来てほしいって言ってたんだよね？」

「私が嘘《うそ》ついたって言いたいんですか？　酷《ひど》い……私はただ伝言役を頼まれただけなのに……」

小栗ちゃんが悲し気な表情を浮かべて下を向く。

「ごめん、ごめん！　そうじゃないよ！」

「私、本当に上條課長に言われたんです。多分、恋愛成就《じょうじゅ》の噂《うわさ》が屋上に移ったことを直前まで知らなくて、慌《あわ》てて場所を変更したんじゃないですかね。私もそれを聞いて、もしかして上條課長も下野先輩に告白するのかもと思って、先手を打たせてもらったんです。ちょっとズルいですよね」

「そ、そんなことないよ。課長が俺に告白……か。正直、まったくそんな期待を抱かなかったかと言われれば嘘になるな。でも、課長は来なかったんだよなあ」

なにか、来られなくなった理由が急にできたのだろうか。だとしても、課長ならすぐに連絡はしてくれるはずだと思うけど……。

「最初から行く気なんてなかったんじゃないですか？」

コーヒーカップを置く音がコトリと鳴り、小栗ちゃんのジトっとした目が俺をとらえる。

「最初から……？」

「そうです。下野先輩が自分に好意を寄せていることに気付きながら、その気持ちを弄《もてあそ》んだんじゃないでしょうか」

「確かに……ときより、課長は俺のことをからかっていると思うこともあるけれど、だからといって、課長はそこまでのことをするような人じゃないよ」

「本当に？　下野先輩は上條課長の本性をどこまで知っているんですか？　私がタイムリープした大人の右色小栗だったと気付かなかったように、上條課長だって、下野先輩の知らない裏の顔があるかもしれないんですよ」

「それは……確かに俺は女性に対して鈍感なところがあるけれど」

「ええ、まったくもって、そうですね」

ストレートな言葉がグサリと突き刺さる。

「それでも、やっぱり課長はそんなことしないよ。これでも課長との付き合いは長いんだ」

女心には疎《うと》くても、人を見る目はあるほうだと思いたい。曲がりなりにも営業マンを名のっていたのだし。

「っち……」

なんか舌打ちが聞こえたような⁉

「かわいそうな下野先輩」

そう言って小栗ちゃんは俺の手に、小さくて柔らかな両手を添えた。そして、そっと握り

ながら、

「悪い女に騙《だま》されちゃって……。私なら、そんなことしません。タイムリープしてまで下野先輩に告白したんですから、信じてもらえますよね？」

おおよそ中学生とは思えない妖艶《ようえん》なオーラをまといながら、彼女はしっとりとした目で俺を見つめる。

「お、小栗ちゃん……？」

「なんなら、私を下野先輩の好きにしてもらっても構わないんですよ？　ほら、こう見えて私たちは大人じゃないですか？　ウブな学生とは違うんです。体だけ子供の中身は大人。まさしく合法ロリですね」

「小栗ちゃん⁉」

「ふふふ……冗談ですよ。下野先輩、焦《あせ》りすぎです」

「と、と、年上をからかうもんじゃないよ」

「ふふ、でも、私はずっと下野先輩のこと好きですからね。上條課長に嫌気がさしたら、いつでも私のところに来てくださいね」

そう言って、彼女は艶《つや》やかなくちびるをカップに付けて、残りのブラックコーヒーを飲みほした。

◆

おすおーす！　今日も元気な左近司琵琶子《さこんじびわこ》だよー！

てか、今日ヒマすぎなんだケドー、ウケる。ユージもユキもリサも透花も、みーんな用事があるって、ビワの相手してくんなくてさー。透花なんて最近ぜーんぜん遊んでくんなくてチョームカつくー！　なんか文化祭のあとからやけに元気ないんだよねー。七のすけなら理由知ってるかもだし、今度聞いてみよっと。

んでもって、ヒマすぎて今ビワは一人で散歩してるワケ。案外歩くの楽しくてウケる。

おやおや、あれはビワが初めて七のすけを呼び出したファミレスじゃんかね。

あんときの七のすけ、ビワにめっちゃビビってて、マジ爆笑だったなー。最近はビワのことなめ始めてるから、ここらで一回シメてやらなきゃな。ビワをなめんなよ。シュッシュッ！

おっ、噂をすれば例のファミレスに七のすけがいるじゃないか。向かいにはなんと、おぐおぐまで。

仲睦《なかむつ》まじいですな。

「ん⁉　七のすけ⁉」

あまりに自然にいるから違和感なかった！　どんだけあいつは平凡オーラなワケ⁉

「てか、おぐおぐと二人でファミレスとは……そういえば、おぐおぐは七のすけのことを好きらしいしな。これはカワイイ後輩二人の仲が、どこまで進展してるのか、先輩のビワが確認してやらなきゃってワケ」

なんて考えてる間に気付けば七のすけの姿がないじゃん。ガラス越しに見えるテーブル席には、携帯をいじっている、おぐおぐ一人。くぅ、逃したか。

「まー、でもおぐおぐがいるなら結果オーライっしょ！」

ビワはそのままダッシュでファミレスの中に駆け込んだ。そしておぐおぐの座っている席に到着！

「おぐおぐー逮捕だー！」

「げっ！　左近司先輩⁉」

慌てふためくおぐおぐに抱き着き、ビワはその勢いで横掛けのソファに座り込んだ。

「オイー、おぐおぐー」

「もう、なんですか左近司先輩！」

「照れんなよーおぐおぐ、オイー！」

おぐおぐの細い肩を抱いて、ビワはテーブルに置かれたベルのスイッチを押す。

ピンポーンという音が響いてから、数秒も経たないうちに店員さんがやってきた。

「ドリンクバー、一つでっ！」

「注文までのテンポがエグすぎる！　てか、居座る気ですか左近司先輩⁉」

「尋問だ尋問！　ジュース飲みながらゆっくり話を聞こうじゃないかってワケ。ドリンクバー行ってくるケド、おぐおぐコーラでいい？　オッケー、コーラね！」

「もうペースに付いていけない！」

ビワは一度席を立つと、ドリンクバーで自分の分とおぐおぐの分のコーラを二つのコップに注《そそ》いでから、元いたテーブルに戻った。

「あれ？　てか、カップあんじゃん。おぐおぐ、なに飲んでたの？」

「コーヒーです」

「オイー、コーヒーは二十歳《はたち》すぎてからじゃないとダメだぞ、おぐおぐオイー」

「そんな法律ねーよ！」

「あはっ！　おぐおぐ、ツッコミ爆笑なんだケド。絶対お笑い芸人なれるよ！」

「はあ……下野先輩はよくこんな人と友達やっていけるな……」

「あ！　そうそう、七のすけ！」

ビワはバンとテーブルを叩《たた》き、もう半ケツ分おぐおぐに身を寄せた。あっぶねー当初の目的を忘れるとこだったんだケド。

「な、なんですか……？」

おぐおぐは不思議そうな目でこちらを見る。ったくカマトトちゃんかましやがって、おぐおぐめ。裏は取れてるんだからな。

「さっきまで七のすけいたっしょ？」

「え……見てたんですか？」

「ビワ視力二・〇あるから」

「いや、視力の話はしてませんけど……」

「抜けがけしちゃってー、このこのー」

「ちょっと、や、やめてください」

ビワは肘《ひじ》でおぐおぐの脇《わき》をつつく。

「それで、なんで七のすけと二人きりで、休日の昼間っから、こんなところにいたワケ？」

「それは……」

おぐおぐはビワから一度、視線をそらし、なにか考え事をしてるような表情を浮かべてから、すぐにまたこちらを見た。

ん……？　なんか顔つきが変わったような……。

「左近司先輩は、なんでだと思います？」

「なんでって……おぐおぐは確か、七のすけのこと好きなんでしょ？　そしたらおぐおぐがアタックして、二人がイイ感じになってるからじゃないの？」

休日に嫌いな者同士が、わざわざ仲介役も挟まずに集まるワケないしね。

「まあ、いい感じか、よくない感じかで言ったら、いい感じかもしれませんね……」

おぐおぐから放たれるオーラがいつもと違う。ビワはこういうのは敏感なワケ。今のおぐおぐは自信と秘密の匂《にお》いがする。

ということは……。

「もしかして、アンタたち、もう付き合ってるとか⁉」

「ちょっと左近司先輩、声が大きいですよ。誰《だれ》に聞かれてるかもわからないのに、ふふふ」

「その余裕のある不敵な笑み……まさか本当に」

「それは、ご想像にお任せしますよ。ね、左近司先輩」

「あわわわわわわ」

大事件だ。

あのちびっ子だったおぐおぐが、見かけによらず、こんな早くに七のすけを落とすなんて。

てか、七のすけは年上好きじゃなかったのか？

いや、好みをひっくり返すほど、おぐおぐがグイグイいったのか。

そういえば、みんなで行った遊園地でも、二人で観覧車のったとか言ってたし……。

文化祭にも、なぜかおぐおぐ来てた。

なんだよ、そういうことかよ。

こりゃ、こんなところで油を売ってる場合じゃないってワケなんだケド！

「おぐおぐ、ここはビワがおごってあげる！　ビワちょっと用事できたから！」

みんなに広めまくらなきゃ！

「あっ、左近司先輩」

「ん、なに？」

ビワが席を立って急いでいるというのに、おぐおぐはニコニコしながら呼びかける。

「上條先輩にも、よろしくお伝えください」

「おけおけ！　じゃーね！」

もう、それいちいち言う必要ある？　ああ、まあ、透花は七のすけと仲いいし、ちゃんと報告してくれってことかな。自分で言えばいいのにしゃーないな。

わかったよおぐおぐ、ビワに任せておきな。

ちゃーんと、透花にも、七のすけとおぐおぐが付き合ってるって伝えてあげるってワケ！

◆

次の月曜。原付を学校の駐輪場に停《と》めてから、ビワが昇降口へ向かっていると、見慣れた巨乳ちゃんが、背の高い茶髪を連れて歩いているのを見つけた。

ビワはソッコーで二人の元へ駆けていく。

「オイー、奈央ぽんにオニキチー！　オイー」

「あっ、琵琶子ちゃん！　オイー」

ビワは奈央ぽんと拳《こぶし》と拳のハートエンソウルする。

「ビワちょす、うぃっすー」

「おすおすー。オニキチ今日もデケーな！」

「琵琶子ちゃん、逆に鬼吉《おにきち》が突然小さくなったら怖いよー」

「確かに！　爆笑！　奈央ぽんお笑い芸人になれるよ！」

「琵琶子ちゃん、お笑い芸人はそんな甘い仕事じゃないんだよ」

とりあえず挨拶《あいさつ》を済ませてから一旦《いったん》、各々《おのおの》上履《うわば》きに履き替え、下駄箱《げたばこ》前のロビーで再び合流する。

「ところで二人ともビッグスクープがあるんだケド！　二人には特別に直接伝えようと、今日まで取っておいた激レアな話題だよ！」

「ビワビワ記者、ではお聞かせねがおー！」

奈央ぽんが、ちっちゃい手をマイク代わりにして、ビワの口元に運ぶ。

「なんと……!?」

「なんと……」

「実は……」

「実は……⁉」

「ビワ、ネイル変えましたー！　パフパフー」

「本当だー！　かわいいー！」

ビワはドヤ顔で奈央ぽんに両手の爪《つめ》を見せる。

「ビワちょすー、俺もう教室行っていい？」

「いいわけねーだろオニキチ、ビワのことなめてんのか？」

「だって早く教室で七っちに会いたいし」

「おまえらは付き合いたてのカップルか！　そのノリやめろ！」

ビワのツッコミに奈央ぽんもすかさず追撃する。

「そうだぞ鬼吉！　毎日幼馴染《おさななじ》みのBL見せられるこっちの身にもなれ！」

一切《いっさい》、動じる様子も見せず、すました顔をしているオニキチ。なんかムカつくな。しゃーない、メインスクープをお見舞いしてやるってワケ。

「残念だがオニキチ、スクープはネイルだけじゃない。七のすけは本当に付き合いたてのカップルだったのだ！」

「ん？　どういうこと琵琶子ちゃん？」

先に興味を示したのは奈央ぽんだ。

「七のすけは最近、ある人物と付き合い始めた」

ビワの言葉に、ようやくオニキチも少し驚いた表情を見せる。

「そんな話、七っちからは聞いてないぜ？」

「まー、七のすけもみんなに言い出すタイミングとか、色々考えてんじゃね？　知らんケド」

「さすが琵琶子ちゃん、知らんけどの適当さ加減が絶妙だよ。ところで相手は誰なの？　まあ、多分カチョーだろうけど」

「ウケる、なんで透花の名前が出てくるし。おぐおぐだよ、おぐおぐ」

「おぐおぐ⁉」「おぐっち⁉」

二人してビワの肩をガシりとつかんで顔を寄せる。ちょっ……痛いんですケド。

「まさか、あの七哉《ななや》がおぐおぐを選ぶとは……でも、確かに、おぐおぐ、かなり積極的だったしなあ」

「ビワは最初からあいつはやる女だと思ってたケドね！　ちっこい割に胆力《たんりょく》があるって感じ」

「琵琶子ちゃん、また適当なことを」

「奈央ぽんは、なにげに七のすけ取られちゃって、嫉妬《しっと》してんじゃないのー？　ずっと幼馴染みの関係だと思ってた男が、いざ他《ほか》の女の彼氏になると気付いちゃう恋心ってやつー？」

「ないね。まったくない。これっぽちもない。絶対にない」

「あ、ああ、そう」

めちゃくちゃ目が据《す》わってる！　マジでこの子は七のすけのことなんとも思ってないんだ

な。普通、幼馴染みだったら少しくらいは気になったりするもんじゃないの？　ビワは異性の幼馴染みいないからわかんないケド。

スンとした顔の隣でオニキチはというと、目元をシワクチャにしながら、

「くう〜！　七っち、なんで俺に報告してくれないんだよ〜！」

「だから、七のすけなりになにかあるんじゃない？　あんま触れてやんなよ」

「でもビワちょすには付き合ってること言ったんだろ？」

「いや、ビワも七のすけじゃなくて、おぐおぐに聞いたから。あいつはビワにも隠してたってワケ」

「なんだ、じゃあ俺だけじゃなかったんだな。よかった」

心底、安心した様子を見せるオニキチ。七のすけに関してはこいつちょっとメンヘラ気質あるな。

オニキチのフォローなのか、それとも七のすけへのフォローなのか、奈央ぽんが言う。

「まあ、散々年上好きと明言しておいて、中学生と付き合ってるってのが恥ずかしいのかもね。七哉本人から言われるまでは知らないふりしてあげようよ」

七のすけへのフォローだとしたら、けっこう毒舌だな。

「二人が知らなかったってことは、多分、透花も知らないだろうね。伝えてやんなきゃ」

ウキウキしながら透花のクラスに向かおうとすると、二人の手がそれぞれビワの両手を

グッと引っ張る。

「ちょっ、ウケる、いてーし。どした、二人とも」

「琵琶子ちゃん、カチョーに言うつもり⁉」

「もちもちの木だケド」

「ビワちょす、それはちょっと酷だぜ」

「もー、なにさ二人して。透花だって七のすけと仲いいんだし、知る権利あるっしょー。ほら、放して。じゃ、ビワ行ってくるからー！」

ビワは小さい頃《ころ》からおじいちゃんに学んでいた合気道の要領で二人の腕をヒョヒョイと振りほどき、そのままダッシュした。

「あ！　琵琶子ちゃんダメ！」

「ビワちょす！　待つんだー！」

なんか聞こえるケド、無視無視無視！

ビワは透花だけ、のけ者なんかにしないからねー！

待ってろー、透花ー！

◆

私、上條透花は昼下がりの教室で、日向《ひなた》ぼっこをしていた。

二学期になってすぐ、うちのクラスでは席替えがあったのだけれど、その結果、窓ぎわの列に移動したことは、喜ばしいことだったのだと、今さらになって実感している。

日の光は、暗くなった私の心を優しく照らし、一時の幸福感を与えてくれる。

このまま眠ってしまいたい。

短時間の昼寝は午後の生産性を上げてくれるだなんて、誰かが言っていた気がする。ああ、お兄ちゃんだ。情報の出処に不満はあるが、同時に信憑性《しんぴょうせい》もある。

五時限目が始まるまで、仮眠を取ってみようか。

私はヒンヤリとした机に顔をつけ、そのまま目を閉じた。

冷感と温感の狭間《はざま》で、意識がトロリと、まどろみ始める。

ふわふわ、現実のような、そうでないような世界の中、大きなイチョウの木が見える。

その下で、か細い少女が私に背を向け、立っていた。

歩いている感覚はないのに、視界は吸い込まれるように、その少女の元へ近付いていく。

そして、声が届くまでの距離に来た瞬間、彼女はワンレングスに整った後ろ髪をなびかせながら、こちらを振り向いた。

「私の勝ちです、上條課長」

咄嗟《とっさ》に机から顔を上げ、私は辺りを見回した。

「夢か……」

時計を見ると、たった数分の時間しか経っていないのに、私の体はびっしょりになるくらい、汗ばんでいた。

夢の中で振り向いた少女の顔は見えなかったが、なぜか強烈にその視線が、私の脳裏《のうり》に焼き付いている。

「う……うう」

あれはいったい、なんだったのだろう。

文化祭の日、イチョウの木の下で、彼女が口にした、あの言葉の意味は。

あのとき……なぜ、七哉くんは来なかったのだろう。

あれからずっと考えているが、考えても、考えても、答えなんて見つからない。

そんなこと、最初からわかっている。答えが見つからないなら、本人に聞けばいい。

わからないことがあったら、すぐに聞く。私が七哉くんに口酸っぱく言っていた、社会人の鉄則だ。

だけど、その勇気が出ない。

一度は告白しようとまで私の中で芽生《めば》えていた勇気の花は、彼女によって根っこから、もぎ取られてしまった。

右色小栗さん。

二つも下の幼い中学生に、私は怯《おび》えている。

いや、中学生じゃない。彼女は私と同じ大人だ。

タイムリープしている大人。

なおさら怖い！

彼女の言っていた、勝ちという意味がもし……。

いや、まだ決まったわけじゃない。

私は一度も、七哉くんからも、右色さんからも、二人が付き合っているだなんて、言葉を聞いていないのだ。

これは私の考える最悪のパターンだというだけであって、ただの被害妄想で片付くことかもしれない。

そうだ、落ち込むのは早い。

こんなことでくじけていたら、手に入れたいものも、つかむことなどできないはず！

「透花ー！」

元気な声と共に教室の戸がガラガラと開き、琵琶子が綺麗《きれい》な金色ツインテールを弾《はず》ませながら私の元に駆け寄ってきた。

「どうした の琵琶子、そんなテンション上げて」

「ビワはいつもテンション高いんだケド。ウケる」

「確かに」

「聞いて聞いて聞いて聞いて‼」

「聞いてるわよ！」

琵琶子が私の肩を派手な爪した右手でバシバシ叩く。

「七のすけ、おぐおぐと付き合ってんだってー！　ウケる！」

「また、なんでもウケるウケるって。七哉くんと右色さんが付き合ってるって？」

「そうなの！　この前の土曜も二人でデートしてたよ」

「へー、デートね。…………は⁉」

「あいつも隅に置けないねー、まったく」

「それ……本当なの琵琶子？　噂とかじゃなくて」

「うん、間違いないよ。本人から聞いたし」

「そ、そう……。それは……ウケるわね」

視界がホワイトアウトしていく中、後輩たちの声がかすかに聞こえた。

「あー！　琵琶子ちゃんもしかして、もうカチョーに言っちゃった⁉」

「うん、言ったケド？」

「間に合わなかったか、ヒュイ……」

彼らの会話もだんだん聞こえなくなってくる。

私、上條透花は完全に、ショートした。

第2章 女上司が逃げる理由

Why is my strict boss melted by me?

小栗《おぐり》ちゃんとファミレスで会合した翌週の水曜日のことだ。

俺《おれ》はこんな噂《うわさ》を耳にした。

『上條透花《かみじょうとうか》がジャージで登校してきた』

うちの学校は体育の授業、そして部活動の時間以外、原則、制服ですごすことが義務付けられている。

中にはヤンチャな生徒が、体育のあとに、ジャージのまま授業に参加していることもあるが、大抵、すぐに教師から叱《しか》られ、制服に着替えることとなる。そんな徹底された校則の中で、登校時からジャージだなんて、まさか、あの課長が、そんな意味不明な行動取るわけもない。なにかの間違いだろう。

俺はちっとも信じていなかった。

しかし、なぜこのような噂が浮上したのか、という疑問はある。

火のないところには……なんて言葉もあるし、なにかしら課長の身にあったから『上條透花がジャージで登校してきた』なんてバカげた噂が俺の耳にも入ってきたのだろう。

変なトラブルに巻き込まれていなければいいけれど……。

少し心配になりながら、三時限目の移動教室に向かうため廊下を歩いていると、奥にジャージ姿の課長が見えた。

「は⁉」

本当にジャージ着てる！

いや、もしかしたら次の授業が体育なのかもしれない。課長の周りに同じくジャージを着ているクラスメートらしき人物は見当たらないが、きっと一人だけ早めに移動を始めて、校庭か体育館に向かっているのだろう。

とりあえず声をかけてみようかと思い、俺が少しだけ歩く速度を上げたタイミングで、課長は階段のあるほうへ曲がっていった。

急いで追いかけてみるも、俺が階段までたどり着いたときには、既に彼女の姿はなかった。

課長、大丈夫だよね……？

◆

「なあ、奈央《なお》。今日、課長になにかあったみたいなんだけど、なんか知らない？」

昼休み。タイミングを見計らって俺は奈央の席まで行って聞いてみた。

「知らん。知っていてもおまえには言わん」

両腕を組んで武士のような表情を浮かべ、口をへの字に曲げている。

そこへ購買で買ってきたであろう、でっかいソーセージパンをくわえながら鬼吉《おにきち》がやってくる。いつかの節約もやめたらしい。ご飯はさすがにやめたらしい。

「透花、ジャージで登校してきたんだろ？」

「ああ、鬼吉。そういう噂が出回ってるらしいけど、俺は課長がそんな不良じみたことをするだなんて信じられないんだ」

「でも、俺さっきジャージ姿の透花見たぜ！　ヒュイ！」

「マジか……」

鬼吉が俺と違う時間で見たということは、やっぱり課長は今日一日中ジャージだということか。

「不良じゃなくてドジなんじゃないの？」

武士みたいにこわばった顔をしていた奈央が片眉《かたまゆ》を上げて俺に言う。

「課長がドジして、制服とジャージを間違えたってか？　ありえないだろ」

「ふん、うんこ七哉《ななや》にカチョーのなにがわかるってんで」

シンプルに悪口！　ただただ、名前にうんこをつけるという激シンプルな悪口！　あと口調まで武士みたいだぞ。

「なんだよ、今日はやけに当たりが強いな」

「うんこにうんこと言ってなにが悪いでござる」

「忍者になった！」

まったく、なんだってんだ、この幼馴染《おさななじ》みは。

「奈央のやつ、どうにかしてくれよ鬼吉」

「ん……い、いやあ、まあ」

珍しく鬼吉の歯切れが悪い。なんだ二人して。

「おまえら、なんか俺に隠し事してんじゃないだろうな」

「それはこっちのセリフだ、このうんち七哉！」

「ちょっとだけ言い方がかわいくなった！」

「七っちにもいろいろ考えがあるんだよな。俺は理解マックスしてるぜ、ヒュイ！」

鬼吉が俺の肩を叩《たた》き、グッと親指を立てる。

うーん……。なんだか二人と嚙《か》み合わない、気味の悪さを感じるな。しかし、深く掘り下げている時間もない。なぜなら昼休みはもう十五分もすぎていて、俺は一刻も早く学食のうどんを食べなければいけないからだ。二度目の高校生活で俺が最も楽しみにしている時間なのだ。

「まあ、よくわからないけど食堂行ってくるわ」

不満そうな表情を崩さない奈央と、そんな奈央をなだめている鬼吉に言い残して、俺はそのまま教室を出た。

食堂に着き、さぬきうどんを買ってから空《あ》いている席を探していると、ふと、華やかな香りが漂ってきた。

間違いない、これは課長の香りだ。

説明しよう。万年社畜平社員の下野《しもの》七哉くんは上條透花を好きすぎるがあまりに、彼女の髪から振りまかれるフローラルな香りを瞬時に嗅《か》ぎ分ける特殊能力を得たのだ。その効力は半径五メートルにも及《およ》ぶと言われているぞ。

振り向く。

課長だ。

さすが俺だぜ。

課長はやはりジャージ姿で、お盆にラーメン四杯をのせながら、辺りをキョロキョロとしている。空いている席を探しているのかな。かわいいなあ。多分四杯分のラーメンはさぞ、重いのだろう。お盆を持つ腕がプルプル震えている。

ラーメン四杯⁉

どういうこと⁉

大食いユーチューバーでも始めたの⁉

兄妹《きょうだい》揃《ぞろ》って配信業界を牛耳るつもり⁉

課長は空いている席を見つけると、背筋の整った綺麗《きれい》な姿勢をキープしながらスッと座り、いつものように七味唐辛子の容器を手に取った。

そして上蓋《うわぶた》を外して……。

ドバッ。

ゴトいった⁉

いくら味覚音痴の課長でも容器まるごとの七味は無理があるだろ。大食いだけでなく、激辛も挑戦って、マジでユーチューバーじゃねーか。

いや、でもあの課長なら案外、あっけらかんと食べきるのかも……。

「からい」

辛いんじゃねーか！

めちゃくちゃ涙目になってるわ！

「つらい」

見てらんないよ！

泣きながらラーメンすすってるよ！

食堂中がザワザワしちゃってるよ！

俺が唖然《あぜん》としながらその様子を見ていると、課長の周りに同じ二年生らしき女子が数人集まってきて、心配そうに声をかけ始めた。

「上條さん、大丈夫?」

「からい」

「まだラーメンいっぱいあるけど、こんなに食べられるの?」

「たべれない」

「無理しないで、男子呼んでくるから、残りのラーメン食べてもらおう?」

「もらう」

いや、ご飯食べきれなくて泣いてるところを保育士さんに優しく慰《なぐさ》めてもらう園児かよ!

そもそも、食べられないなら、なぜそんなにラーメン買った!

そして一杯目から大量の七味かけて、さらに自分を追い込むな!

女子たちの呼びかけによって、上級生の男子が集まり、手の付いていないラーメンをすすり始める。辛くて食べられないならと、課長が現在進行形で食べている激辛ラーメンに手を伸ばそうとした男子もいたが、さすがに周りの女子から止められ、袋叩きとなる。

俺は目の前の光景に脳がバグりそうになりながらも、うどんが伸びてはいけないという使命感だけはしっかり働き、近くの席に座って箸《はし》を取った。

「マジでなにが起こってるんだ」

うどんをツルツルと喉《のど》に流し込み、一人でつぶやく。

「ヤバいよね、あれ。ウケる」

強い香水の匂《にお》いがしたと思ったら、琵琶《びわ》子先輩が椅子《いす》を引いて俺の隣に座った。メニューはカレーだ。

「琵琶子先輩、どうも」

「おすおーす。今週の頭からずっとあの調子なんだケド透花。明らかにＩＱが下がってる」

「そうなんですか。今週の頭……なにかあったかな……？　琵琶子先輩は課長がああなった理由、知ってます？」

「いや、知らないケド」

「そうか……琵琶子先輩も知らないか。なんか奈央と鬼吉は知ってそうだったけど、琵琶子先輩はそれっぽい心当たりもないですか？」

「ぜーんぜん、ない。なにかあったのかな、透花」

なにかと、ことの元凶を作る琵琶子先輩なので、この人がなにかしたのではと少し疑っていたのだが、どうやら違うらしい。

しかし、琵琶子先輩が知らないとなると、謎《なぞ》は深まるばかりだ。奈央と鬼吉は知っていても教えてくれる感じではなかったし。

「ま、あれはあれでかわいいからいいんじゃない？」

「また呑気《のんき》なこと言って。半分同意です」

「オイー、半分だけかよオイー」

「琵琶子先輩と違って俺は常識人なんで」

「半分ある時点でおまえも常識人じゃねーし。爆笑」

「一応、自分が常識人じゃない自覚あったんですね」

「七のすけ、常識とは十八歳までに身につけた偏見のコレクションのことをいう、ってーアインシュタインの言葉知らないの？」

「なんか常識人ぽいこと言い始めた！」

「まービワたちはその十八歳までのコレクションを集めている最中ってワケだケド。偏見より『自分』というコレクション集めろってワケ」

「そして哲学者みたいなこと言い始めた！」

俺の常識という固定観念を一番覆《くつがえ》している存在はこのギャルだよ、まったく。

「まあ、普段から頭カッチカチの透花なんだし、少し緩《ゆる》くなるためにもいい変化かもしれないじゃん？　しばらくは温かい目で見守ってやろーぜってワケ」

「おっしゃる通りで」

俺たちカレーうどんコンビは、上條透花を見守るという定義付けをすることで、都合よく問題から目を背《そむ》ける決断をしたのだった。

◆

あれから、ちょうど一週間が経《た》った。

校内では瞬《またた》く間に上條透花、激ポンコツ化の噂は広まり、それを助長するように、彼女は数々の伝説を作っていた。

その一『上條透花、自動販売機号泣事件』

甘高《あまこう》の生徒なら誰《だれ》もが知っている、自動販売機のミステリーゾーンというものがある。

ボタンの真上にある商品サンプルは、缶の形をした模型に絵の具をぐちゃぐちゃに混ぜたような色の紙が貼《は》られていて、中央にクエスチョンマークが記《しる》されている。街中でもたまに見かける商品だ。通常、他《ほか》の商品よりも安く設定されていて、その代わりに出てくるジュースはランダムというもの。

甘高のミステリーゾーンも同じく、他の商品より二〇円安い設定になっているが、出てくるものはランダムのジュースではない。

固定で、得体の知れない液体が出てくるのだ。

もちろん激マズ。

中身はバラエティーの罰ゲームなどでよく使われる、センブリ茶だったり、沙棘《サジー》ジュースだったりと噂されているが、そもそも一般の高校生はその元ネタとなる飲み物自体を飲む機会がないので、結局なんなのかはわからず、得体の知れない液体で定着している。

そしてこのミステリーゾーン、得体の知れない液体が固定で出てくるとは言ったものの、実は超低確率でめちゃくちゃ美味《おい》しいミックスジュースが出てくるとも噂されている。

俺の知っている情報では確率一〇〇〇分の一だとか。

そのミックスジュースを一発で当てたのが、上條透花である。

しかも彼女曰《いわ》く、ミステリーゾーンを今まで三回購入したというのだが、そのどれもがミックスジュースだったというのだ。

そんな偶然あってたまるかと俺は思っているので、あの自動販売機にはＡＩが搭載されていて、美女が買うとミックスジュースが出てくるのだと推測している。

正直、我ながら完璧《かんぺき》な推理だと自負していたのだが、その仮説が見事に崩れ去ったのが、この事件だ。

その日、課長は昇降口脇《わき》に設置された自動販売機の前に立ち、四度目となるミステリーゾーンのボタンを押したらしい。

そして出てきた缶を開け、ゴクッゴクッと喉に流し込み、それがミックスジュースでないと理解するや否《いな》や、その場で座り込み泣き出したのだ。

高校生とは思えないほどの豪快な泣きっぷりで、

「みっくすじゅーすのみたあいぃぃっ!!」

と、連呼していたらしい。

今まで飲んできたミステリーゾーンのジュースと明らかに味が違う、そう思って驚くのはまだわかるが、普通ならそこで、「ああ、ミステリーゾーンってこういうことか」と察するのが自然である。

一〇〇〇分の一を三度連続で引くという天文学的な確率を出した課長の運自体がそもそも超自然的ではあるのだが、確率の収束にはまだまだほど遠い自然的な一度のハズレをとうとう引いて、自然な反応を見せられないとは、これいかに。

ポンコツ伝説の一つと認定するに十分な出来事である。

いつまでも泣き止《や》まない課長の周りには、先日の食堂と同じように、たくさんの生徒が集まりだし、多くのミックスジュースが彼女の元へと届けられたらしい。

その場にいた上級生いわく、

「泣き顔の美少女もまた乙《おつ》なもの」

とのこと。うるさい。あんたら課長を甘やかしすぎじゃない？

その二『黒髪カット間一髪事件』

　これは当事者である琵琶子先輩から聞いた話だ。

　ポンコツ化している課長をかわいいからしばらく見守ろうだなんて言っていた琵琶子先輩だったが、自動販売機号泣事件の騒ぎを耳にしてさすがに心配になったらしく、ここ数日は毎日のように、課長の様子を見にいっていたらしい。

　そんなときに起こった事件。

　課長がふと、机からハサミを取り出して言ったのだ。

「髪切らなきゃ」

　咄嗟《とっさ》に琵琶子は課長のハサミを持っていた手を握り、刃先が前髪をかすめた寸前で止めたらしい。さすがの判断力である。

　以下、二人の会話。

「ど、どうしたの透花、急に」

「髪切らなきゃいけないの」

「な、なんでかな？」

「ボブカットにしなきゃいけないの」

「うーん、でもせっかく長くて綺麗な髪だし、ビワはもったいないと思うなー」

「でも切れって」

「誰が？　誰かにそんなこと言われたの？」

「うん」

「誰に？」

「うーんと……忘れちゃった」

そこで琵琶子先輩は周りにいた生徒に目配せをし、課長の席へと集め、みんなで説得を開始したらしい。

「髪切らないほうがいいよ上條さん」「今のほうがすごい綺麗」「うん、似合ってる！」「絶対そのままのほうがいいよ！」

とにかく課長に考えるすきを与えずに大多数で説得し続け、なんとか、ことなきを得たとのこと。

あの琵琶子先輩がゲッソリとした表情で俺に一部始終を報告してくれ、発覚した事件だ。

もし、その場に琵琶子先輩がいなかったらどうなっていたことだろう。

その三『学園のマドンナ彼氏量産事件』

一週間も経てば校内には上條透花の様子がおかしい、という噂は隅々まで広まり、それを利用して姑息《こそく》なことを考える輩《やから》が出てきた。

「今の上條さんなら、告白しても簡単にオッケーが出るのでは？」

その推測は実のところ的中していて、完全に判断能力がバグっている課長は、男子からの告白に全《すべ》てYESを出していった。

YESというか、

「上條さん、俺と付き合ってください！」

「なんで？」

「なんでって……付き合いたいから？」

「するとどうなるの？」

「え……俺が嬉《うれ》しいかな」

「嬉しいの？」

「はい……」

「嬉しいなら、わかった」

「本当に⁉　やったー！」

こんな感じらしい。

一人成功すると「あいつより俺と付き合ってよ！」と図々《ずうずう》しい男子が現れ、それにまた流されるように課長が返事すると、また次に……と地獄の連鎖。

結局この男子たちは、かりそめのオッケーだということは承知の上で、上條透花から彼氏という称号を与えてもらった、その事実だけを人生の歴史に記録したくて、気持ちの悪い愚策を実行しているのだ。

その話を聞いたときには、怒りを通り越して呆《あき》れの感情がわき上がったが、俺以上にそんなことを許すはずないギャルが彼女の隣にはいるわけで、この期間に告白を試みた計十三人の男子たちは、見事に全員身元を割られ、ボコのバキにされたとかされていないとか。

とにかく、男子たちが完全に悪いのはもちろんなのだが、課長も課長で、そこまで天然ちゃんなのか、なんなのかになっているという事実は俺にとってもかなりの衝撃というか、ショックだった。

ジャージで登校とか、ラーメン四杯とかのときはまだ、かわいかった（さすがにジャージ登校はもうしていないが）。

このままエスカレートしていくと本当の事件になりかねない。

文化祭が終わってから課長とはまだ一度もしゃべっていないが、気まずがっている場合でもないだろう。

直接、なにがあったのか課長に聞くべきだ。

俺はいろいろと悩んだ末、そう決断した。

十二月上旬の乾燥した廊下を歩く、放課後。やってきたのは二階へと続く階段の前。

ここに来ると六月のことを思い出す。

タイムリープをしてきてから初めて課長にコンタクトを取ろうとしたあの日のことだ。

あれから様々なことがあって、俺と課長との距離は確実に縮まってきた。

多少のトラブルがあったって、今の俺たちなら乗り越えられるはず。

大丈夫、自分を信じるんだ七哉。

半年前とは違う、確固たる意志を持って、俺は階段を上った。

彼女になにがあったのか、そして、なぜ文化祭の日、屋上に現れなかったのか、しっかりと確認しよう。

二年二組の前に着くと俺は一度、深呼吸する。

そして、緊張を紛《まぎ》らわすため、豪快に教室の戸を引いた。

「上條先輩いますかー！」

帰り支度《じたく》をしていた上級生が一斉に俺を見た。

その中には、もちろん、上條透花の姿も。

彼女と目が合う。

ダッ！

「あ！　逃げた！」

あろうことか、課長は俺の顔を確認するや否や、即座にスクールバッグを脇に抱え、反対側の戸から猛ダッシュで教室を出たのだ。

俺もすぐに視線を廊下側へ移し、課長の背中を追う。

「ちょっと、課長！　なんで逃げるんですか！」

俺の声は届いていないのだろうか、彼女は振り向きもせずに、廊下を駆け抜ける。

てか、足はえー!!

見事なカットを切り、階段のほうへと姿を消す課長。

それに続き、俺も階段の前まで来ると、ギリギリ課長の背中をとらえることができたが、すぐに踊り場を折り返し、一階に向かって再び姿を消す。

「もー！　なんなんだよー！」

俺は一段飛ばしで階段を駆け下り、キュキュッと踊り場の床を蹴《け》る。課長が右へ行ったのが見えた。

ダンダンダンと今度は二段飛ばしで下り、右を向く。

いた。めちゃくちゃガチで走ってる。

すかさずあとを追うも、一階の長い廊下を鬼ごっこする俺と課長の距離は、一向に縮まらない。

これじゃあ、先に俺がバテそうだ。

てか、なんで課長は逃げるんだ。

やっぱり課長がおかしくなったのは俺に原因があるのか。だとすると、文化祭でのことにも、必然的に結びつきそうな気がする。

しかし、今は脳みそに余計な酸素を使っている場合じゃない。考えるのはあとだ。

廊下の先に続く渡り廊下へと出る課長。そこを渡ると体育館だ。つまり行き止まり。

よし、このまま行けば追い込むことができるぞ。

課長は校舎を出て、渡り廊下の足場をタンッタンッと綺麗な音を鳴らしながら跳ねる。なにからなにまで美しく、様になる人だ。

もちろん、その先に待ち構えるのは体育館の重たい鉄扉。

俺も渡り廊下までたどり着き、どうするのかと課長の様子を見ていると、彼女は躊躇《ちゅうちょ》することなく鉄扉を開け始めた。え、体育館の中に入るの？

中ではもちろん部活をやっている生徒が溢《あふ》れているであろう。その証拠に、ゆっくりと開く扉の奥から、少しずつ、バレー部の掛け声とダムダムとボールが床を叩く音が漏《も》れ始める。

うわー、どうしようか。課長のあとを追って俺も体育館に入る？

めちゃくちゃ恥ずかしい。

熱気溢れる部活動の空間に、制服姿の生徒が侵入する場違い感。地味に耐《た》え難《がた》い。

そんなことを悩んでいる間に課長が体育館の中に入っていく。

ええい、大の大人がなにを迷っている。恥ずかしさなんて二の次。今は課長をつかまえることが先決だ。

急いで俺も渡り廊下を渡り、体育館の入り口までやってくる。

課長が開けた扉の隙間《すきま》は、華奢《きゃしゃ》な体が通れる分しか幅がなく、俺じゃあ、どうあがいても突っかかってしまう。俺は自分が通れるように、もう少しだけ扉を開き、中へと入った。少しタイムロスしてしまった。

体育館に入ると、コールドスプレーの匂いが出迎える。俺も中学時代はバレー部だったので、わかるが、部活中の懐《なつ》かしい特有の匂いだ。

俺がいる入り口側のコートでは、男子バレー部がレシーブの練習中。そして、緑色した間仕切りネットに挟まれた奥のコートでは女子バレー部がアタック練習をしていた。

課長はどこだと一度、屋内全域の壁沿いを見渡してみる。

数秒後、間仕切りネットを中腰の状態でくぐっている課長を見つけた。また少し、タイムロスをしてしまった。

部活をしている生徒が何人か課長の様子に気付いたらしく、不思議そうに見ている。もちろん、その視線は課長だけでなく、俺にも向けられ始めた。

ペコペコと頭を下げながら、俺も中腰になりながら、壁沿いを早足で伝う。くう、やっぱり恥ずかしい。

そんな体勢でちんたらと移動していたものだから、俺が間仕切りネットをくぐったときには、課長の姿を再び見失っていた。

奥にあるステージを確認するも、特に人影は見えない。上のギャラリーにでも上ったか？と、見上げても大きな遮光《しゃこう》カーテンがあるだけで、誰もいない。どこに消えたんだ。用具入れの倉庫に隠れられたりしていたら、やっかいだ。

そんなことを思いながら、ふと女子バレー部が練習中のコートを覗《のぞ》いてみると……。

「いや、なにやってんだ、あの人！」

制服姿の課長が、スクールバッグをリュックサックの要領で背中に背負い、女子バレー部員に紛れて、アタック練習の列に並んでいた。

当然、周りにいる部員たちは「え？　え？」と、いうような表情を浮かべ課長を見ているが、セッターの子は気付いていないのか、黙々とトスを上げているので列は順調に進んでいる。

「わからん。マジでどういう状況だよこれ」

あまりの奇想天外さに、俺がその様子をただ固まって見ていると、とうとう課長の番がきてしまった。

セッターの子はここでも真面目《まじめ》にトスを上げる。絶妙な高さのセミトスだ。てか、あんな視界の狭い子がセッターやっていて大丈夫なのか？

上がったトスに合わせて課長は助走を始める。あれ、この人、別にバレー経験とかないですよね？　めちゃくちゃフォーム綺麗なんですけど。そんでめちゃくちゃ高く跳んでるんですけど。

バコン！　と綺麗なミート音がコートに響き、課長の手のひらから鋭いスパイクが、俺に向かって放たれた。

ん？

俺に向かって？

「うあー！」

ギュルギュル回転するボールがどんどん加速して俺に近付く。

やろー、逃げるだけでは飽き足らず、攻撃してきたな！

だが、先にも述べた通り、俺は中学時代、バレー部だったんだ。しかもポジションはリベロ。どんなにフォームが綺麗だろうと、素人《しろうと》が打ったスパイクなんて華麗にレシーブしてやるぜ！

「おりゃあ！」

ダムッ！　と音を立て、アンダーで構えた俺の両腕が、課長の放ったスパイクの衝撃を吸収する。そしてレシーブされたボールは高い放物線を描いて、見事にボールカゴの中へとダイレクトダイブした。

「「おおぉ……！」」

と、周りの部員が声を漏らしながらパラパラ拍手してくれる。

俺はえへへと照れながら頭をかいた。

意外とまだまだ現役《げんえき》でいけるかも。高校でもバレー部入っておけばよかったかなあ。

なんて、うつつを抜かしてる間に、課長は体育館を一周し、元きた入り口まで移動していた。

「あ、しまった!」

俺はすぐに踵《きびす》を返し、入り口のほうへ戻る。

てか……。

腕いってえええええええええ!

めちゃくちゃいてええええええええええ!

骨にすげええしみてるううううううう!!

久しぶりにバレーやると、こうなるのはあるあるなんだけど、それにしても課長強すぎるわ! 素人のスパイクじゃないよあんなの!

敵に回すと本当にやっかいだよあの人は!

涙目になりながら俺が入り口に着いた頃《ころ》には、課長はすでに渡り廊下を経て、校舎に戻っていた。

俺は体育館を出る前に部活中の皆様へ一礼し、

「どうも、お騒がせしました！」
と、謝罪してから、再び彼女のあとを追った。
なにげに人生初の経験だよ。上司の尻《しり》ぬぐいってやつは。
それにしても、さっきのスパイク攻撃でだいぶ距離を離されてしまった。
結果、校舎に戻ってきたときには、もう完全に課長の姿を見失っていた。
万事休すか……。
いや、まだ諦《あきら》めるには早い。
俺には、あの特技があるじゃないか。
そう、課長の髪から発せられるフローラルな香りを嗅ぎ分ける能力！
まだその残り香がこの廊下には漂っている。それを頼りに進めば。
くんくん。
くんくんくんくん。
くんかくんか。
「上だな」
俺は階段の前で止まり、クールにつぶやいた。
下りたり、上ったり。まったく、せわしのないおてんばガールだぜ。
「待ってろ、課長。その匂いを頼りに君をつかまえてみせるぜ！」

みなぎる情熱と共に俺は階段を駆け上る。
二階に到着。
くんくん。
くんくんくんくん。
くんかくんか。
「まだ上だな」
三階に到着。
くんくん。
くんくんくんくん。
くんかくんか。
「もう一つか」
四階に到着。
くんくん。
くんくんくんくん。
くんかくんか。
「ここか」
俺は四階の廊下を見渡す。

人影はないが、フローラルな香りが一層、濃くなった。あと少しだ。

しかし、この能力は莫大《ばくだい》な集中力と精神力を使う。

保ってくれよ……俺の体――！　最後の発動だ！

「わっ！　上條さん急にどうしたんですか⁉」

廊下の奥、生徒会室のほうから女子生徒の声が聞こえた。うん、いたわ。最後の発動とかの前に普通にいたわ。

俺は余裕の徒歩で廊下を進み、生徒会室の前まで来る。

トン、トン、トン、トン。

ノックを四回。

「は、はーい」

先ほど漏れ聞こえた女子生徒の声が中から響いた。

「失礼します」

俺は戸を引き、生徒会室に入る。

中を見ると、長机が四つと、いくつかのパイプ椅子が、長方形を描くように並んでいた。

そこに座っているのは四人の生徒会役員たち。

今期の選挙で奈央に勝った、生徒会長の女子もいる。恐らく先ほどの声は、この生徒会長のものだろう。あとは副会長の男子と。書記、会計だと思われる女子が二人。

初めに口を開いたのは生徒会長だった。

「あ、あの、なんの用でしょうか？」

ふんわりパーマのかわいらしい女子だ。確か二年生の先輩だったな。スピーチは無難な内容だったが、それが逆に好評で、いわゆる、キッチリと平均点をすべての項目で叩きだすオールラウンダーな雰囲気を持っている。生徒会長には向いていると思う。天真爛漫《てんしんらんまん》でなにか革命を起こしてくれそうな奈央か、頼りになりそうで安心して信頼できるこの女子か。大衆が選んだのは後者だった。奈央には悪いが、やはり何事も信頼ってのは大事である。ビジネスも政治も、交友関係も。

そんな信頼を置ける生徒会長に俺は質問する。

「ここに上條透花さん来ましたよね？」

「しゃ、しゃあ？　知らないなあ？」

とんだ嘘《うそ》つきやろうだな！

信頼の欠片《かけら》もないよ！

あと、嘘下手だな！

しゃあってなんだよ！　赤い彗星《すいせい》のことかよ！

「いや、知ってるんで。まだここにいるんですよね？」

「い、いないよお？」

口がタコみたいになってんだよ！

マジで嘘大下手か！

生徒会が要注意人物をかくまうだなんて、その名も地に落ちたもんだよ。まあ、要注意人物なのは俺の中だけなんだけれど。

この人も課長と同じ二年生だから同級生の美少女にほだされて、悪行に手を染めたのだろう。信頼できるその優しさが仇《あだ》となったか。しかし、正義はこちらにある。なんの正義かは知らん！　各々《おのおの》で考えてくれ！

「さっき、ここから声が聞こえたんですよ。上條先輩の名前を呼ぶ生徒会長の声がね」

「私、生徒会長じゃないよお？」

とてつもなく壊滅的に嘘が極下手だな！

目がカジノのスロット機くらい高速で泳いでるぞ！

てか、なんだよ生徒会長じゃないって！　どんな道筋描いてその嘘で押し切れると思ったんだよ！

「そんな嘘ついても無駄ですよ」

「本当だよお？　私、生徒会長じゃないよお？」

「粘るべき嘘はそれじゃない！」

すると、こんなアホみたいなやり取りを見ていた他の役員が一人、俺の前に立ちふさがった。

眼鏡《めがね》のキリっとした女子だ。

「貴様は上履きの色を見るに一年だな。下級生が生徒会長にそんな口を叩くとは失礼だぞ」

「ほら、生徒会長って言った！　この人、生徒会長って言ってるよね！」

「ああ、そうだ、彼女は生徒会長だ」

「うん、まあ、それを認めてもらっても喜ぶほどじゃないんだけどね」

「しかし、上條透花がここにいないのは本当だ」

彼女は眼鏡を光らせて言う。

「そんな、バカな。この部屋は四階の角で、入り口は一つ。そして、声を聞いたあとに生徒会室から誰か出てくるところを、俺は見ていない」

「そう言われても事実なのだからしょうがない。二年八組、生徒会会計、この桐生坂櫻子《きりゅうさかさくらこ》の名において、真実であることを誓おう」

「すごい生徒会長っぽい名前！」

「いや、生徒会長は彼女だ」

「私、生徒会長じゃないよお？」

「もう、めちゃくちゃだよ！」

しかし、この会計の桐生坂さん、なんかどこかで見たことあるような顔だな。

しかもけっこう強い既視感。頻繁《ひんぱん》に見ているような……。

あれ、ちょっと待てよ、桐生坂って……こんな珍しい名字。

「あ、委員長！」

「委員長？　私は会計だ。そして彼女は生徒会長だ」

「いや、それはもういいですって！　それより、桐生坂さん妹とかいないですか？」

「ああ、愚妹が一人、一年七組にいるな」

「やっぱり！」

この人、うちのクラスの銭ゲバ学級委員長のお姉さんだ。生徒会の会計やっているってところが、まさに血筋って感じ。

くう、だとするとなかなか、手強《てごわ》い相手だぞ……。

「さあ、もういいだろう。本来、生徒会室は一般生徒立入禁止だ。さっさと立ち去れ」

「そんな厳しい校風なの、この学校⁉　アニメじゃないんだから！」

「四の五の言わずに行け！」

やけに頑《かたく》なだな。なぜ生徒会がここまで課長をかばう？

さては、

「金か……」

桐生坂さんの耳がピクりと動いた。

「なに……？」

「上條先輩にお金で買収されて、かくまってるんでしょう！」

「貴様、言わせておけば……。生徒会長に向かって無礼だと思わないのか！」

「あんたに言ってんだよ！」

面《つら》の厚さが委員長まんまだな！

「私ははした金じゃ動かん！」

「反論になってない！」

「さあ、出ていけ！　この部屋に上條透花は隠れてなどいないんだからな！」

課長がこの部屋のどこかに隠れていることは確定事項となったわけだが、買収された生徒会を相手に捜《さが》そうとも、囲まれて羽交い締めにされて部屋の外へポイ、で終わりだろう。

けれど、解決策はとてもシンプルだ。

「いくらですか？」

「まだ居座る気か。ほら、さっさと行け」

「千円」

「くだらん妄想に付き合ってる暇はないんだ」

「二千円」

「生徒会ってのは忙しいんだぞ」

「……五千円」

「まったく一般生徒ごときが我々生徒会の邪魔をしないでもらいたいものだ」

「…………一万円」

「はー、忙し忙し」

「三万！」

「どうした、一年生くん、悩み事でもあるのかい？　話を聞こうじゃないか、さあ、座りたまえ。大事な生徒の相談を受けるのも立派な生徒会の役目だからな。待っていろ、今、お茶を淹《い》れてこよう」

桐生坂さんは俺の前にあった椅子を引き、備え付けの冷蔵庫から取り出した麦茶をコップに入れて俺の元へ運んでくれた。

ずっと走っていてちょうど喉が渇いていたので、俺は差し出された麦茶を一気に飲みほしたあと、桐生坂さんに向かって言う。

「上條透花さんを捜しているんです」

「そこのロッカーの中に隠れているぞ」

「ありがとうございます。お礼は後日」

「うむ」

小学生の頃から貯《た》め続けていたお年玉の大半を失うこととなったが、どのみち、あのお年玉で買った大学入学祝いの腕時計はサークルの新歓コンパですぐなくしてしまう未来なので、問題ない。使えるときに使うのがお金ってもんだ。

俺は桐生坂さんが指さした書庫用ロッカーの前まで来る。

腰の高さほどある大きめのスチールロッカーだ。

その扉をサッと横にスライドさせる。

「…………」

体育座りで丸まった課長が、すっぽりと収まっていた。

「うりゃぎりものぉ……」

顔を膝《ひざ》に埋《うず》めている課長から漏れた、声なき声が、生徒会室で静かに響いた。

◆

誰もいなくなった一年七組の教室。

俺と課長は一つ机を挟み、後方中央辺りの席に並んで座っていた。また逃げられる可能性も考慮して、俺は廊下側だ。

俺は顔を黒板に向けつつ、課長に聞く。

「なんで逃げたんですか」

「にげてないけど」

課長は机に顔を突っ伏したまま答える。

「いや、逃げてたじゃないですか」

「うんどうしてただけだけど」

まあ、確かに、走って、アタック練習して、階段上って、なかなかハードな運動ではある。

「最近どうしたんですか。様子がおかしいですよ」

「うるしゃい」

「いつもの課長らしくないじゃないですか」

「わたしかちょうだもん」

「そうですよね。その課長になにがあったんですか？　文化祭のこと、関係してます？」

「しらない。うるしゃい」

ダメだ。完全に心を閉ざしている。

「課長、もし俺がなにかしたのなら謝ります。だから、いつもの課長に戻ってください」

「うるしゃい、きらい！」

嫌いって言われた！

そんな……。

いつの間にか俺は課長に嫌われるまでのことをしていたのか……？

「か、課長……」

「きらいきらいきらいきらい！」

四回言われた！

あと一回言われたら、俺もう立ち直れない！

「すみません課長。謝ります。謝りますからそんなこと言わないで」

「きらーーーーーーーーーーーーい！　ばかーーーーーーーーーーーーーー！」

課長は立ち上がり、俺の顔も見ずに一目散で教室を出ていった。

俺は、それを見すごしたまま、椅子にもたれかかり、教室の天井《てんじょう》を見上げて口をあんぐり開けていた。

もう、課長を追いかけていくことはできなかった。

なぜなら、彼女に「嫌い」ともう一回言われたからだ。

◆

「嫌い、嫌い、嫌い、嫌い、嫌い、嫌い、嫌い」

俺は帰り支度を済ませ、トボトボと昇降口から校門までの道を一人で歩いていた。

野球部の掛け声が校庭から響いてくる。

嫌い。

計六回言われた。

六……。六……。六六六。

六六六……はっ！　悪魔の数字だ……。

もしかしたら、課長は悪魔に取りつかれているのかもしれない。

いや、俺が悪魔に呪《のろ》われている……？

どこかの秘密組織が俺の存在に気付き、こいつタイムリープしてるぞ、人生強くてニューゲームなんてズルい許せない！　って思想が組織内で白熱し始めて、呪いをかけてやろうって黒魔術で悪魔を召還したに違いない。

それで組織の長が悪魔に頼んだんだ。「下野七哉を不幸にしてくれ」と。

そうなんだろ、悪魔。

おまえは今も秘密組織に頼まれて、すぐそばでずっと俺のことを監視しているんだろ。

どうせ、この心の声も聞こえているんだ。

ほら悪魔、聞いてるんだろ！

まだ俺のことを不幸にするつもりか！

やれるもんなら、やってみろ。

「悪魔め！　俺は負けないぞ！　かかってこい！」

ドカッ！

後頭部に鈍痛が走った。

やっぱり！

悪魔は俺の一挙手一投足を常に監視しているんだ！

「悪魔め……」

「誰が悪魔じゃ」

両手で後頭部を押さえしゃがんでいる俺の頭上で声がした。

俺は悪魔の顔を拝んでやろうとそちらへ振り向く。

「あ、琵琶子先輩」

「あ、琵琶子先輩、じゃねーよ。なに一人で悪魔だなんだ叫んでんだよ。透花だけじゃなくアンタまで頭おかしくなったたってワケ？」

どうやら金髪ギャルの悪魔が、手に持っているスクールバッグで俺の頭を殴ったらしい。いや、なに普通に殴ってんの？　悪魔じゃなくても酷《ひど》くない？

「琵琶子先輩も今帰りですか？」

「そゆこと」

「原付は？」

「昨日から調子悪くて徒歩で来てんの。中古だかんねー。バイトでもして新車買おうかな」

「琵琶子先輩も悪魔に呪われてるんじゃないんですか？」

「だから悪魔ってなんだよ。ちょっと怖いんだケド」

「さすがビビり」

「怖いのはアンタのことだよ！　んなことより、なに一人でくっらーい顔してつぶやいてたワケ？　てか、顔色悪すぎ。ウケる」

「琵琶子先輩……課長にですね、課長に嫌いって言われたんです！」

「ふーん」

「ふーん、て！　ふーん、て！　酷い！」

「アンタねぇ、今の状態の透花になんか言われたとて、真に受けるバカがいるってワケ？　バカじゃない？」

「バカって二回も言わなくていいじゃないですか！　そりゃ、俺だってそうは思いますけど、実際に面と向かって言われたら相当堪《こた》えるものがあるんですよぉ……」

「ハイハイ、かわいそでちたねー七哉くーん。透花は七哉くんのこと嫌いじゃないでちゅよー」

琵琶子先輩が俺の頭はクシャクシャと撫《な》でる。やめろ！　課長はそんな乱暴に撫でたりしない。優しく優しく撫でてくれるんだ。

「うう……課長……」

「うわ、泣いてるし。キッモ」

「やっぱりあんたは悪魔だったよ！」

「ちょうどその透花のことで、今から行くとこあんだケド、アンタも一緒についてくる？」

「行くところ？」

「そっ」

琵琶子先輩はドリルみたいなでっかいツインテールを揺らして腕を組む。

「どこ行くんですか？」

「助《すけ》っ人《と》のところ」

「助っ人……？」

「ビワもそろそろマジで透花ヤバいなって思い始めてるワケ。目の前で髪の毛切ろうとしたときはドン引きしたしね」

「その節は琵琶子先輩のおかげで課長の輝《かがや》く黒髪が守られたこと、感謝しております」

「うむうむ。んで、正直ビワたちの手には負えなくなってるじゃん？　アンタに限っては嫌いだなんて言われて泣きべそかいてるし。頼りにならん」

「面目ないです」

もともと頼りにならないドジっ子平社員なんです。許してください。

「だから、こういうときは頼れる人に助けてもらおうって思ったワケ」

「頼れる人……誰かいましたか？」

「アンタねえ……ちょっとは自分で考えろなんだケド。一人しかいないでしょ」

課長のことで頼れる人……？

「あ……！」

「そう、友達でダメなら家族ってワケ！」

「わかりました！　俺も付いていきます！」

そうだ、俺たちにはとっておきの助っ人がいたじゃないか。

恋愛メンタリスト、Ｙｕｉｔｏ先生が！

◆

甘高を出た俺たちは制服のまま移動し、とある場所へと来ていた。琵琶子先輩が事前にアポを取ってあると言っていたのだが……。

「琵琶子先輩、ここであってます？」

琵琶子先輩に案内されて着いたのは、四階建ての綺麗な建物だった。一階はガラス張りになっていて、全体的に小洒落《こじゃれ》ている。

建物の正面口では俺たちより少しだけ世代が上であろう若者たちが、大きなバッグを抱えて頻繁に出入りしている。彼らにはわかりやすい特徴があって、金色、オレンジ、灰色、あお緑まで。髪がまるで画家のパレットを覗いているかのように、多彩で奇抜なのだ。

「うん、あってるケド」

自信満々に言う琵琶子先輩。けれど、不安は拭《ぬぐ》いきれない。

「あの……ここって学校ですよね？」

「そうだケド？」

学校なのはオッケーだ。唯人《ゆいと》さんはまだ学生。だから学校にいるのはわかる。けれど、彼が通っているのは大学であって……。ここは学校は学校でも、

「専門学校……？」

「そう、美容専門学校。美容師さんの学校だね」

彼女の言う通り、建物の正面にデカデカと記されている名称は『山伏《やまぶせ》美容専門学校』。ここは間違いなく美容師さんになりたい学生が通う場所なのである。

しかし、唯人さんと美容専門学校になんの関《かか》わりが？　もしかして唯人さんの彼女さんがここの学生さんだとか？　いろいろ多忙な唯人さんだから、デートの約束と、琵琶子先輩の相談を一気にこなすため、待ち合わせをこの場所にしたとか……、うん、ありえるな。

「じゃあ、ここに唯人さん来るんですね」

「は？」

「ん？」

「なんで唯人くんが関係あるの」

「なんで唯人さんが関係ないんですか？」

「は？」

「ん？」

なに？

どういうこと？

俺なんか変なこと言いました？

「唯人くん来ないケド」

「来ないの⁉」

「あー、なに、七のすけ、助っ人って唯人くんのことだと思ってたの？」

「それ以外の選択肢が思い浮かばないので、ええ、そう思ってましたけど。違うの⁉」

「ウケる。女子の異変について、アンタ含めて男になんて相談したところで、解決するワケないんだケド」

「うぐ……さっきの失態を見られているからなにも言い返せない！」

いや、ちょっと待てよ。だから、それなら誰に相談するってんだよ。

助っ人って誰だよ。

「あっ、来た！」

俺が混乱していると、琵琶子先輩が学校の入り口に向かって、手を振った。

自動ドアが開き、カツカツとハイヒールの音が鳴り響く。

カラフルな服装の生徒たちに紛れ、対照的な黒いスーツをまとった人物がこちらへ向かって歩いてくる。

タイトスカートに、大きめの胸と綺麗なクビレを強調する細見のジャケット。一本一本がキラキラしているダークブラウンの髪はアップにまとめられていて、フェイスラインに沿った長い横髪が艶《あで》やかさを演出している。

圧倒的なオーラを発するその女性を一言で表すなら、これほど的確な言葉はないだろう。

ＴＨＥ大人のお姉さん。

凄《すさ》まじく美人な女性が俺の目の前にやってきたのだ。

「お待たせ、左近司《さこんじ》ちゃん」

「おすおすー、綾花《あやか》ちゃん。今日はよろしくー」

明らかに、どう見ても、十中八九、俺たちより年上の成人女性に向かって、この人は本当に誰かれ構わず、そのノリなんだな。

うん、てか、誰!!

「あら、そっちの男の子は、もしかして下野ちゃん？」

「はい！　え、俺のこと知ってるんですか!?」

お姉さんが俺を見てニコリと笑った。

やばい、美人すぎて心臓が一発で持ってかれそうだ。

「もちろんよ。話は娘からよく聞いているわ」

「娘……?」

「初めまして。透花の母、上條綾花です。よろしくね、下野七哉ちゃん」

この人、か、か、か、課長のお母さまだ――――――――――――!!

山伏《やまぶせ》美容専門学校は本館の他《ほか》に、新館、別館、学生講堂というものがあるらしい。学生講堂では授業などは行われず、学生が自由に使える休憩所のような役割の建物で、オフィスでいうカフェスペースみたいなものだと綾花《あやか》さんが教えてくれた。外観は教会のような造りになっている。

その学生講堂に案内された俺《おれ》と琵琶子《びわこ》先輩は、綾花さんにご馳走《ちそう》してもらったコーヒーとミルクティーを持って、四人掛けのテーブル席に腰を下ろした。

周りは山伏美容専門学校の生徒たちで賑《にぎ》やかだ。

「ちょうど昼間部と夜間部の入れ替わりで一番みんなが集まる時間なの。うるさいところでごめんなさいね」

綾花さんが俺たちの向かいに座って言った。

こう見たら、目元なんて課長にそっくりだ。あの鷹《たか》のように鋭く、そして綺麗《きれい》な目は、母親譲りだったんだな。

「いえいえ、そんな。やっぱり、みんなオシャレですね」

「あら、あなたたちもオシャレじゃない」

「え、まあ、琵琶子先輩がオシャレなのはわかりますが……俺は制服をそのまま着てるだけですよ？」

「オシャレっていうのは相手に見てもらうという気遣《きづか》いの意識と、自分を表現するという工夫の意識があれば成立するの。それをまとめて美意識と呼ぶわね」

「は、はあ」

やばい、わからん。オシャレだの美意識だのと無縁な人生を送っている俺には、綾花さんの言っていることがさっぱり理解できない。

「七のすけはそういうの疎《うと》いからな。わかんないだろー」

「うるさいですね。お、俺だってわかりますよ」

いっつも図星《ずぼし》ついてきやがってこのギャルは。

「下野《しもの》ちゃんはしっかり美意識を持っているわ。誰《だれ》かに見られるという意識が備わっている。爪《つめ》は綺麗に切っているし、髪もちゃんと整えている。制服のシワもないし、靴も汚れなく磨《みが》かれている、姿勢もいいわ。美意識のベースが保たれていると社会に出たとき、とても役に立つわよ」

ああ、これは理解できた。なぜなら課長から口酸っぱく言われてきたことだからだ。

営業マンたるもの、常にお客様から見られている意識を持つこと。スーツにシワがあったり、靴が汚れていると、相手を不快にさせてしまう。お客様のことを思うからこそ自分を綺麗に見せなさい、と。

信頼を得るとは地道な気遣いなのだ。

もしかしたら、その課長の教えを実行できていることが、綾花さんに伝わったのかもしれない。

「美意識といったら、綾花さんも、とてもお若くて綺麗ですよね。初めはここの学生さんかと思いました」

「な、バカなこと言わないの下野ちゃん！　おばさん相手にこの子は、バカじゃないの、まったく！」

反応が課長まんまだな！

「透花《とうか》そっくりでしょ？」

琵琶子先輩が俺に耳打ちして笑う。

「ですね」

「こら、左近司《さこんじ》ちゃん、今私の悪口言ったでしょう？」

「ううん、綾花ちゃんは透花そっくりだねって言っただけだケド」

「それは確かに悪口じゃないし、むしろ嬉《うれ》しいわね。でも私が透花に似ているのでなく、透花が私に似ているのよ。時系列的にね」

理屈っぽいところも課長そっくりだな！

「ところで綾花さん、お仕事は大丈夫なんですか？」

「ええ、私は昼間部の担当だから授業はもうないわ。少し仕事は残っているけれど、急ぐものじゃないから大丈夫よ」

綾花さんはここ、山伏美容専門学校の学生、ではなく、教師である。もともとは美容師さんをやっていて、実務を経てから教員になったらしい。

こんな美人教師がいたら最高の学生生活になるだろうな。

「すみません、お忙しいのにお時間をいただいて」

「とんでもないわ」

「オイー、アポ取ったのはビワなんだケド。なに自分が提案者みたいなツラで話進めてんだよ七のすけ」

「いいじゃないですか。課長を心配する気持ちは俺たち一緒でしょ。ほら、一心同体、オイー」

「確かにウチら一心同体だしね。オイー」

俺の掛け声に合わせて、いつものように拳《こぶし》を突き出す琵琶子先輩。なんかギャルの扱い慣れてきたな。

「そもそもなんで琵琶子先輩はこんな簡単に綾花さんとのアポ取れるんですか？」

「そりゃメルアド知ってるし」

「だから、なぜ」

綾花さんが横髪を耳にかけながらコーヒーを一口飲んで答える。その仕草《しぐさ》も課長に似ていてついドキッとしてしまう。

「左近司ちゃんはよく家に遊びに来てくれるからね。そのときに仲良くなったのよ」

「いえーい。七のすけとは透花との距離感が違うってワケよ」

「俺だって課長の家行ったことあるし」

「何回？」

「い……一回」

「え？　え？　え？　一回？　ごめん聞こえなかった、一回？」

「聞こえてんじゃん！」

「ビワ一五かーい」

「数えてんの⁉　きも！」

「はいはい、負け惜しみ、おっつう～」

「ムカつく！　俺のほうが課長との付き合い長いし！」

「いやいやいや、七のすけ、七ちゃん、七哉《ななや》ちゃーん。ビワと透花の馴れ初《なそ》めの話しましたよね？」

「……馴れ初めって言い方おかしいと思いまーす」

「はいはい、そういうのいいから。んで、ビワが透花と出会ったのって、いつの話だっけ？」

「……小学校」

「七のすけが透花と出会ったのは？」

「……高校」

「高校て、高校て、中学でもなく高校て」

「自分だって空白の期間あるでしょ！」

「空白あろうとなかろうと、ビワのほうが透花と先に出会ってまーす。はい論破～」

「ううう！　うううううう！」

俺と琵琶子先輩の白熱バトルが完敗に終わったところで、向かいから上品な笑い声が聞こえた。

「くくく、うふふふ。あっ、ごめんなさいね。二人とも、とてもかわいくて、つい。透花のこと好きでいてくれているのね。ありがとう」

綾花さんが優しく微笑《ほほえ》んでこちらを見る。

俺と琵琶子先輩はその笑顔に二人して照れてしまい、なにも返せずにいた。

「ところで下野ちゃん」

「はい」

「課長ってなに？」

「あ……」

こっわ‼

真剣なときの目まで課長だよ！　問い詰めるときの課長の目だよ！

ああ、やばいやばい。そういえば、忘れてたけど、この人課長の母親であると同時に、唯人《ゆいと》さんの母親でもあるんだった。ちょっとした失言から、様々なことを見抜かれそうなこの感覚。まさに唯人さんと対峙《たいじ》しているときと同じだ。

「こいつ透花のこと課長って呼んでんの。変だよねー」

琵琶子先輩が俺の代わりに答える。

「確かに、変わったニックネームね。まるで会社の上司みたいな呼び方」

「あ、あはは」

俺は綾花さんから目をそらし、苦笑いで誤魔化《ごまか》した。

いい加減、呼び方を改めるべきかなぁ。しかし、もう無意識レベルで課長呼びに慣れてしまっているからな。呼称を変えるだけでも、なかなか難しいもんなんだよ、これが。

俺が気まずそうにしているのを察してくれたのか、綾花さんはそれ以上の詮索《せんさく》をしてくることはなく、本題を切り出した。

「それで、透花の様子が最近おかしいって話だっけ？」

「そーそー。もーポンコツ全開って感じ？」

「こらこら、琵琶子先輩。親御さんの前でそんなストレートに言うもんじゃないですよ」

いくら仲がいいからってフランクにもほどがある。

「いいのよ下野ちゃん、透花がポンコツなのはいつものことだから」

「いやいや、課長……じゃなくて、透花さんは普段からしっかりしてて、たまにしかポンコツにならないですよ！」

「アンタもポンコツって言ってんじゃんか。ウケる」

「あ、すみません！　それで……最近の透花さんなんですが、家ではどんな感じですか？」

「そうねぇ、さっきも言ったけれどポンコツなのはいつものことだからそこは変わらないとして、少し元気がないのは確かね。まあ、でもこれもいつものことね。なにかあるとすぐに落ち込むのよ。ほら、あの子、メンタル弱いから」

綾花さんがさも共通認識だと言わんばかりの表情を浮かべるもんだから、俺と琵琶子先輩は揃《そろ》って手を振り、

「「いやいやいやいやいやいや」」

「課長がメンタル弱いだなんて、またそんな冗談を」

「そうそう、メンタル鬼強の透花がこんなことになってるからこそ、綾花ちゃんに相談してるってワケだよ」

しかし、綾花さんの表情はいたって真剣。

「あの子、小さいときから泣き虫、怖がり、甘えん坊の三拍子よ」

そんなわけあるか！　あの鬼怖女上司の課長が甘えん坊だって？　そんな信じるか信じないかはあなた次第みたいな話、え、じゃあなにか、甘えん坊の課長は、こんな感じってか、え？

◇

透花と同棲《どうせい》中の俺。今日も彼女が作ってくれた朝食を取って、仕事に向かうため玄関へと足を運ぶ。

「やっぱやだ！」

「ん？　どうしたんだ透花」

「七哉くん、やっぱ仕事行かないで！　透花と一緒にいてよー」

「こらこら、わがまま言うんじゃない」

「だって七哉くんとずっと一緒にいたいんだもん。寂《さび》しいよー」

「まったく、困った甘えん坊さんだ。ほらおいで」

俺が両手を透花に向けて広げると、彼女はエプロン姿のままトテトテと小走りで駆け寄ってきて、抱き着いた。

「えへへ、いい匂《にお》い」

「透花、ぎゅー好きだろ?」

「うん、ぎゅー好き。ぎゅーっ」

「あはは。透花パワー注入してもらって俺も仕事頑張れそうだよ。続きは帰ってからな?」

「うん……帰ってきたら、いっぱい愛してね?」

◇

てか? え? こういうことってか⁉

甘えん坊ってのはこういうことでしょうが!

ねえ、そうでしょ琵琶子先輩!

俺が横を見てみると、地元女子たちの憧《あこが》れの存在であるカリスマギャルが、だらしのない顔で、よだれを垂らしていた。

考えることは一緒か。

上條《かみじょう》透花ファンクラブ会の俺たちが妄想の世界に浸《ひた》っていると、山伏美容専門学校の女学生さんが二人、綾花さんの元へやってきて、それぞれ人間の首を差し出した。

「ひっ、ひぃっ! な、生首⁉」

妄想から現実の世界へと一気に引き戻された俺は、体を硬直させて情けない声を出す。

引き戻されすぎて戦国時代まで来た⁉

「うふふ、下野ちゃんは面白《おもしろ》いわね。透花が気に入るのもよくわかるわ。よく見て、マネキンの首よ。ウィッグっていう練習用の道具」

言われて見てみれば、顔の眉《まゆ》や目はペイントで描かれたものだ。頭には大量のロッドが髪の毛一本残さずビッチリと巻かれているのでパーマ練習に使うものなのだろう。

「頭髪は本物の髪の毛だけれどね。ちゃんとシャンプーやリンスを使ってお手入れするのよ」

「そ、そうなんですか。はー、ビックリした」

「ウケる。七のすけのビビり。だっさ」

「は？　自分だってお化け屋敷で散々ビビり倒してたくせに」

「は？　ビビってねーし」

「は？　ビワこわーいとか言ってませんでしたっけ？　ああ、そんなこと言う前に失神してたんだ。そうだそうだ思い出した」

「は？　とりあえず表出ろやクソ童貞野郎」

「は？　望むところだよ金髪クソ処女ギャル」

二人の間に火花が散っているところに、先ほど来た女学生の二人がこちらを見て言った。

「あー！　甘高《あまこう》の左近司琵琶子ちゃんじゃーん！」「本当だ！　かわいい！」

「おすおすー、ビワでーす！」

ちっ、こんなところまで知れ渡っているほど有名なのかよ、このギャルが。ケンカ売る相手間違えたな。俺に敵《かな》う相手じゃねえ。

「琵琶子ちゃん今度ヘアショーあるからモデルやってよー」「いいね！　琵琶子ちゃんにやってもらったら、めちゃくちゃ様になるよ！」

「えー、どーしよっかなー。まんざらでもないってワケだケドー」

まんざらでもないならやれよ。即答しろよ。いちいち困ったなアピールすな。横に凡人がいること忘れるなよ。

勝手に盛り上がっている女子たちの間に、綾花さんが割って入る。

「こらこら、二人とも、スカウトはあとにして、私に用事があるんでしょう？」

「ああ、そうだった。綾花ちゃんワインディングの課題終わったから見て」

そう言って、女学生はマネキンの首を綾花さんに渡す。

綾花さんはそれを様々な角度からゆっくりと見て、

「はい。……うん……いいわね、綺麗に巻けているわ。合格」

「私も私も、見て綾花ちゃん」

「はい。……ここ、ネープのところちょっとテンションが弱いわね。全体の収まりはオッケー。ネープだけ直せばあとは大丈夫よ」

「「ありがとう、綾花ちゃん」」

マネキンを返してもらった二人の女学生は嬉しそうにお礼を言って、そのままその場を離れた。専門用語が飛び交っていてよくわからなかったが、パーマ練習の課題が出ていて、そのチェックを教員の綾花さんがした……って、ところだろう。二人は去り際《ぎわ》に琵琶子先輩に手を振っていたので、多分ヘアショーのモデルだなんだって話はまた改めて依頼するつもりなのかもしれない。

ちなみに俺とは一度たりとも目が合わなかった。別に悲しくないけどね。

「ごめんなさいね、話の途中で」

綾花さんが俺たちを見て言う。

「いえいえ。ところで、ここへ来る途中に話しかけてきた生徒さんたちもそうですが、みんな綾花さんのこと、先生じゃなくて、ちゃん付けで呼ぶんですね」

「ビワも綾花ちゃんて呼んでるケド。普通じゃない？」

「琵琶子先輩は誰に対してもその距離感でしょ。あなたは統計のサンプルに入りません。いてっ」

テーブルの下で脛《すね》を蹴《け》られた。琵琶子先輩を見るとべーっと舌を出している。

そんな様子をにこやかな表情で見守っている綾花さんは俺に聞く。

「不思議に思った？」

「まあ、かなりフランクだったので」

特に、課長の母親である綾花さんは、見た目の雰囲気からも、そういった礼儀には厳しいように見える。喋《しゃべ》り方も上品だし、学校に一人はいる生徒と近い距離で接する教師……なんてタイプには決して思えないというのが本音だ。

ただし、美容業界というのは俺の知らない世界で、イメージだけでいうとかなりアーティスティックな印象を受ける。そのような場所では、これくらいのフランクさが一般的なのかもしれない。

「確かに、目上の人への接し方としては、社会に出たら困るのは彼女たちかもね」

「あれ、そういうもんですか」

「美容の世界なら、これが普通かもって思った？」

「少しだけ」

「案外そうでもないのよ。煌《きら》びやかな世界に見えて、美容師ってとても地味で泥臭い仕事なの。特に上下関係は一般の企業より厳しいかもしれないわ」

うーん、だったら、なおさら……、

「なおさら、学生のうちに直しとくべきだ、って顔しているわね」

「は、はい。そう思いました。すみません」

「いいのよ。下野ちゃんが正しいわ。美容の専門学校が目的とするのは国家資格の取得だけでなく、就職のサポート。美容師としては卵でも、社会人としては一人前にして、生徒たちを送り出す義務が私たちにはあるわ。就職先である店舗と、学校っていうのは持ちつ持たれつの関係だからね。店舗に対する学校側の最低限の責任よ」

「まあ、素行が悪い卒業生ばかりだと、あそこの学校は信用できないって、評判が悪くなってしまいますしね」

「そうね。下野ちゃん高校生なのに理解が早いのね。感心」

「あ、いえ、そんな」

褒《ほ》めていただいて恐縮なのですが、中身は社会人です。チートみたいなことしていて、すみません。

「だから、私は全校生徒に統一して、綾花ちゃんって呼ばせているわ。自己紹介のときにみんなに周知しているの」

「全校生徒⁉」

「そう。どんなに真面目《まじめ》で、礼儀を重んじる子にもね」

やばい、わからん。課長に似ていると思っていたが、今綾花さんが言っていることは課長では絶対に生まれない発想だ。

「すみません、今の話の流れからどうしても繋《つな》がらないのですが」

「うふふふ、それはそうよね。意地悪な話の進め方してるわね、ごめんなさい。ちょっとだけ昔の話をしてもいいかしら？　そうしたら私の言っていることも少しだけ理解できるかも」

「はい。ぜひ、お願いします」

「ビワも綾花ちゃんの昔話聞きたい」

「ありがとう。私がこの学校の教員になる前、プレイヤーとして美容室に勤めていた話はさっきしたわよね」

「はい」

二十代後半までは美容師として仕事をし、トップスタイリストとして活躍していたと聞いた。

「そのときの私はね、後輩たちから鬼の上條さんなんて呼ばれていたわ」

まるで今の課長だな。いや、未来の課長か。

「透花が生まれてからもバリバリ仕事をするつもりだった私は、美容師という仕事に誇りを持って真面目に取り組んでいた。それは下の世代の育成に関しても同じ。もちろん理不尽なことはしていないわ。ただただ、後輩たちにも一人前に育ってほしくて、できる限りの指導をしていたつもりなの」

彼女の言っていることは理解できる。課長もいつもとても厳しい指導をしてくれるが、一度として理不尽なことを言われた記憶はない。高校生に戻ってからは理不尽なことばかり言われている気がするけどね！

「ある年にね、二人の新人の子が入ってきたの」

綾花さんは飲んでいたカップのフチを指でなぞりながら、言った。

「正反対の性格をした子たちでね。一人はとても真面目で礼儀正しい子。営業後も必ず残ってシャンプーやカラーの自主練習をしていたわ」

課長タイプだな。

「もう一人は派手な子でね。お客様や先輩スタッフにもタメ口が出てしまったり、練習よりもプライベートを最優先させる子だった」

こっちは奈央《なお》や琵琶子先輩タイプだな。

「初めのうちは二人に等しく厳しい指導をしていたわ。特に言葉遣いにはうるさく注意した。でも、さっきは理不尽なことはしていないと言ったけれど、私も結局未熟な人間でね。言うことを聞かない派手な子のほうと比べると、どうしても真面目な子のほうを贔屓《ひいき》するようになってしまったの。特に練習なんかは真面目な子のほうに付きっきりで、派手な子のほうは他のスタッフに任せてばかりだったわ」

「そりゃ真面目なほうをかわいがるのは普通じゃんね。ビワでもそーすると思うケド」

いや、あんたは派手な子側の人間だろうが。

まあ、でも琵琶子先輩の言う通り、別に綾花さんの行動はそんなに暗い顔して話すような内容じゃない。誰でもそうなるだろう。

「左近司ちゃんは優しいのね。かばってくれてありがとうね。正直、私もそのときは贔屓をしてる自覚がありながらも、正しいことだと思ってすごしていたわ。そんな日々が一年ほど続いたある日ね、営業中に倒れてしまったのよ、私」

「え、大丈夫だったんですか⁉」

俺が驚いて聞くと、綾花さんはニコリと笑って、

「ええ、ただの過労だったから平気よ。倒れたときにこめかみを切ってしまって、休養も兼ねて一週間ほど入院することになったわ」

綾花さんは横髪をサッと上げてこめかみを見せた。うっすらと傷痕《きずあと》が残っている。

「それで、入院中にね、いの一番にお見舞いに来てくれた子がいたの」

「贔屓してた真面目な子ですか？」

「ううん、派手な子のほう」

「……なんか、意外ですね」

「そうね、私も驚いたわ。正直、嫌われていると思っていたから。でも、彼女は病室に入ってきて元気に言うのよ。『鉄人みたいな上條さんでも倒れることとあるんですね！　あんま無理しちゃダメだよー』って。それで私、なんだかおかしくて笑っちゃったの。そしたら『うっわ、上條さん笑ってんの初めて見た』なんて言うもんだから、私もう笑いが止まらなくて」

普段怖い人が笑ってるの見て驚くのは俺も身に覚えがあるな。驚くのと同時に少し安心するんだよな。

「それから、彼女といろんな話をしたわ。ストレートに私のこと怖くないの？　嫌いじゃなかったの？　とも聞いたわ」

「うわー、綾花ちゃんエグいこと聞くー」

琵琶子先輩がニヤニヤして言う。

「なんか、そのときはテンション上がってたのよ」

テンション上ってその質問出てくる思考もなかなかだけどな！

「その子はなんて答えたんですか？」

「『別に自分の悪いところを叱《しか》ってくれてるだけだから、怖いとか思ったことない』って。自覚あるなら直しなさいよってちゃんとツッコんどいたわ。結局その子は退院まで毎日病院に来てくれた。なにか必要なものはないか？　とか、今日の営業はこんな感じだったーとか、お話ししてくれたの。練習よりもプライベートを最優先させる子が、そのとき最優先してくれたのは私のお見舞いだったの」

自分に正直な生き方をしている人だったのだろう。だから、多分、綾花さんのお見舞いに来ることも、誰かに言われたからとか、自分の評価を上げたいから、とかじゃなく、その人のやりたいことだったたから。それだけの理由なんだと、話を聞いていて俺は思った。

「そして、同時に、私がいつも指導していた真面目な子は一度も病室に現れなかった。必死に練習しているんだろうと思ってね、退院の前日、派手な子にあの子はどうしてるかと聞いたの。そしたら、昨日、お店を辞めたって言うの。突然のことで私は混乱しながらも理由を聞いたのだけれど、その子にも、なにも言わずに辞めたらしくてね。わからないって。私は退院後、すぐに彼女の家に行ったわ。いつも身だしなみを綺麗に整えている彼女は、髪の毛をボサボサにして、寝間着のまま私を迎えた。私はすぐにどうして店を辞めたのか聞いたの、そしたら彼女は私を睨《にら》んで言ったわ」

『上條さんと仕事したくないんです』

カップを撫《な》でていた彼女の手が止まった。

「手を震わせながら『上條さんが入院したとき、ホッとした。清々した。上條さんがいると息が詰まるんです』そう言った彼女の顔は、とても苦しそうだった。それでも彼女は私を見て続けるの。『本当は私だって仕事が終わったら練習なんかしないで帰って休みたい。朝練のために早起きしたくない。もっとのびのび仕事したい。私は真面目なんかじゃない。また上條さんがお店に帰ってくると思うと嫌で嫌で嫌で、だから辞めたんです』……それだけ言い残すと、彼女は疲れたように、そのまま玄関の扉を閉めたわ」

綾花さんは寂しそうに続ける。

「お店に復帰してね、店長から聞いたの。彼女、自分が嫌になったから店を辞めるって言っていたって」

「自分が嫌になった……綾花さんがいなくなって安心してしまった自分が……ってことですかね」

　上司が現場にいなくて安心する。俺なんか、むしろ課長が機嫌の悪いときは、自ら外回りに出ていたくらいだし、社会人なら誰だって一度は考えてしまうことだろう。そんな真剣になって自分を責めるようなことじゃない。でも、そんなことを思っている自分に初めて気付いてしまった彼女は、なにか、ずっと張りつめていた糸が切れてしまったのかもしれない。

「結局、あの子は真面目なのよ。真面目な子ほど、弱くて繊細なの。そのことに気付かず、私は彼女の真面目さに甘えていた。彼女の真面目さを、より固く縛ってしまった。……だから、私もすぐに店を辞めたわ」

「それで教員になった、と」

「そうね。真面目な人間ほど損をするってよく言うじゃない？　そんなことないのよ。私に贔屓されなかった派手な子だってたくさん損しているはずでしょう？　でもね、真面目な子は息抜きを知らない。人より何倍も努力した分、報われなかったときの落差や理不尽にまいってしまう。それがより一層、枷《かせ》となって自身を苦しめる。だから損に対して、それこそ真面目に向き合いすぎてしまうのよ。そして、社会っていうのはそんな真面目な子たちの努力につけ込んで都合よく使っていく、そういうシステムになっているの。私はそのシステムに染まった駄目な大人だった。……上司失格ね」

真面目だったその人にとって、綾花さんの一件はただのキッカケにすぎなかったのだろう。それがなくても、いずれ彼女は、社会の理不尽と、自らの真面目さに押しつぶされていたかもしれない。

「だから、学生のうちは真面目になりすぎないよう、生徒たちと近い距離感で接しているんですね」

「もちろん、社会に出たらその距離感じゃ通じないことには変わりないんだけどね。それでも、若いときに人との多様な関《かか》わり方を経験しておくことで、自分で自分の逃げ道を作ってあげられる人間になってほしい。人生、仕事だけがすべてじゃないの。そのせいで、不幸になってしまったら、元も子もないでしょう？　真面目すぎるとそのことに気付きにくいのよ。自分を大事にしてあげられない。だから私は、自分を大事にしてあげられる人間になれるよう、子供たちには不真面目も学ばせてあげたいの。それが私にできる、真面目だったあの子への、罪滅ぼしだから」

「綾花さん……」

「うんうん、ビワも綾花ちゃんに同意ー」

本当にわかってんのかこのギャルは、と思うも、案外この人は頭がいいので理解してるかもしれない。逆に俺はどうだろう。理解してるつもりではあるが、つもりなだけかもしれない。

だって、本当に理解できるなら、課長の気持ちもわかるはずだから。

課長は真面目だ。

真面目で繊細なのだ。

そのことを俺は気付けなかった。

いや、気付いていながら、それでも強い人だからと、甘えていたのかもしれない。

俺はもっと課長のことを理解するべきだ。

「課長……じゃなくて透花さんのメンタルが弱いっていうのはそういうことなんですね」

「あの子は特に臆病《おくびょう》だからね。なにに対しても厳しくすることで自分自身を一番追い込んで律しているから、落ち込むことがあったときの逃げ方を知らないのよ。まったく、変なところだけ私に似てしまったのね」

「それは、綾花さんも、とても繊細なお方だってことですね」

「あら、下野ちゃん、おばさんのこと口説《くど》いてるの？」

「め、めっそうもございません！」

さすが、お母さま。課長より一枚上手《うわて》だったようだ。

「じゃー透花はなんか落ち込むことあってテンパり中ってワケかー。落ち込むことねぇー、七のすけ心当たりは？」

「あったらここにいませんよ」

頼りにならない俺たちに代わって綾花さんが答える。

「恋愛ざただと思うわよ」

「恋愛？　透花が？」

そんなことあるかって顔をして琵琶子先輩が首を傾《かし》げる。

「ね、下野ちゃん？」

「い、いや……俺に聞かれても……」

恋愛……やっぱり課長は文化祭の日、俺に告白をしようとしていた……。でも、自分からそれをやめておいて、落ち込んでいるっていうのは心理の導線として辻褄《つじつま》が合わない。じゃあ、告白をやめた理由、屋上に来られなかった原因がなにかあって、そのことで課長は落ち込んでいる。

「わからないわよね？」

綾花さんがふと、俺の目を見て言った。

「はい……わからないです」

「当然よ。そんなことが簡単にわかったら、恋愛で悩む人なんてこの世にいるはずないもの。どんなに歳《とし》をとって大人になっても、これぱっかりはそう簡単に攻略できることじゃないわ」

「恋愛ざたの悩みってのは前提なんですね」

「ええ、そこは断言してあげる。なぜそんな堂々と言えるのかって表情をしているわね。

単純よ、ワタシはあの子の母親だからです」

　この上ない説得力だ。

「うー、透花が恋愛ざたで悩んでるってなると、余計ビワはどうすりゃいいかわかんないんだケド」

「左近司ちゃん、別にそこを探る必要なんてないのよ。あの子が勝手に悩んでるんだから自分で解決させればいいの。でも、あなたたちが透花になにかしてあげたいって思ってくれるなら、これに誘ってあげてちょうだい」

　そう言って、綾花さんはカバンから一枚のビラを取り出し、テーブルにのせた。

　俺はそこに書かれている文字を読む。

「クリスマスパーティーー？」

「そう。うちの学生が毎年主催してるクリスマスパーティー。会場借りてけっこう大掛かりにやってるのよ」

「なんだか課長が苦手そうなイベントですね」

「だからよ。さっきも言ったけれど、あの子は真面目すぎるから、少しは不真面目を学ばなきゃダメなの。ハメを外して元気にさせてあげて。もちろん外しすぎて飲酒なんかしちゃダメよ」

「クリスマスパーティー楽しそー！　ビワはいいケド、透花来るかなー？」

「私が言っても行かないだろうけど、左近司ちゃんが誘えば必ず行くわよ」

「えーそうかなー？」

「そうよ。だって透花は左近司ちゃんのこと大好きなんだから」

「ちょっ、えっ、もー、しょーがないなー、えへへー」

わかりやすく照れてんじゃないよ。でも、確かに琵琶子先輩が誘えば課長も来てくれると思う。

「綾花さん、他に何人か誘っても大丈夫ですか？」

どうせなら奈央たちもいたほうが課長は喜ぶだろう。

「もちろんよ。本当はチケット必要なんだけど、私から主催者の子に話は通しておくわ」

「ありがとうございます」

「なに言っているの、頼んでいるのはこっちなんだから、お礼を言うのは私よ。ありがとうね、二人とも」

綾花さんが優しく笑う。その笑顔はどこか懐《なつ》かしくて、誰かと重ねながら俺は思うのだ。

やっぱり彼女には笑っていてほしい、と。

第４章　若者たちは冬の準備を始める

Why is my strict boss melted by me ?

迎えた十二月二十四日。

イベントは十七時から始まるので、俺《おれ》はそれより少し早い時間に、鬼吉《おにきち》と会場に向かっていた。

「七っち意外とスーツ似合うな。鍛えてるだけあるぜ！　ヒュイマッスル！」

「高身長でスタイル抜群のおまえに褒《ほ》められても惨《みじ》めなだけだからやめてくれ」

鬼吉のスーツ姿は、まるで普段から着慣れているかのようなフィット感。さすが未来のホスト王。

一応、パーティーにはドレスコードがあるらしく、俺も父親のスーツを借りて着てきた。スーツを着るのも約半年ぶりか。

「女子たちとは現地集合だっけ？」

「ああ。女子は主催している専門学校の学生さんたちに、学校でヘアセットしてもらってから行くんだってさ」

「ヒュー！　そりゃ楽しみだぜ！」

綾花《あやか》さんと話したあのあと、琵琶子《びわこ》先輩は声をかけられた女子学生二人と連絡先を交換して、ちょくちょく連絡を取り合っているらしい。

そのせいか、最近、琵琶子先輩はヘアアレンジにハマっていて、卒業後は山伏《やまぶせ》美容専門学校に行きたいと言うようになった。彼女のことだからただの思い付きで言っているだけかもしれないが、考えてみれば、琵琶子先輩だけは将来どんなことをしているか知らないので、案外そのまま美容師さんになってしまう可能性も否定はできない。似合いそうではあるが。

「それにしても寒いなあ。もうすっかり冬だ」

俺はスーツの上に羽織《はお》っているコートのポケットに手を突っ込み、白い息を吐きながら嘆《なげ》く。

「天気予報じゃ、今日の夜は雪が降るらしいからな。アガるぜ！」「ホワイトクリスマスってか」

いや、二十四日に雪が降るのはホワイトクリスマスイブになるのだろうか。詳しいことはよくわからん。あとでググってみよう。

「課長にとって、いいクリスマスになるといいな」

俺は薄暗くなり始めた空を見上げ、つぶやいた。まだ雪が降る気配は見えない。

「七っちはやっぱり、まだ透花《とうか》のことが好きなのか？」

「それは……。うん、好きだよ。いい加減、照れ隠しするのも男らしくない。俺は課長が好きだ」

「そうか……。七っちにもいろいろあると思うが、俺はどんな七っちでも味方でいるからな！」

「お、おう、ありがとう」

そんな深刻な顔して言うことか？

ともあれ、今日は課長に元気を取り戻してもらいたい。あと、正気も取り戻してもらいたい。

会場のイベントホールに着くと、緑の髪色をした受付の男性が俺たちに声をかける。

「こんちはー。チケット持ってますー？」

「あ、すみません、僕たちチケットなくて、上条《かみじょう》先生の紹介で来たんです」

「ああ、綾花ちゃんのね！　聞いてる、聞いてる。先に女子たち来てたから奥にいると思うよ」

「ありがとうございます」

「あんな美少女たちと友達だなんてまるでアニメの主人公だね。羨《うらや》ましー」

なんて緑髪の男性が耳打ちしてきた。

課長に琵琶子先輩、まあ奈央《なお》も美少女枠に入れてやろう。幼馴染《おさななじ》みフィルターがなければ美少女ではあるからな。確かに、はたから見たら妬《ねた》まれるくらいには美少女揃《ぞろ》いだ。

しかし、中身を知っていると評価も変わるもんだ。

そんなことを思いながら、俺は鬼吉と会場の奥へ進む。

会場の中央には大きなクリスマスツリーが飾られていた。ピカピカと豪華な電飾がほどこされている。手の込んだイベントなんだな。

「あっ、七のすけ！　こっちこっち」

クリスマスツリーに気を取られていると、耳慣れた声が聞こえたので、そちらへ振り向く。立ち飲み用の小さな丸テーブルに肘《ひじ》を掛けながら、金髪の美少女が俺に手を振るのが見えた。赤いドレスに、華やかなアップスタイルの髪。声や口調から、誰《だれ》であるかは明白なのだが、

「いや、誰」

俺の独り言に鬼吉も、

「うぬ……ヘアメイクだけで、ビワちょすがあそこまで化けるとは……美容の道は深いな」

普段のツインテールがインパクトありすぎる分、そのギャップはすさまじい。琵琶子先輩は振ったほうとは逆の手で、テーブル上の皿にのったスイーツをほうばっている。スイーツ爆食いしてるところを見たら、煌《きら》びやかドレスも台なしである。

俺たちが、そのままテーブルまで足を運ぶと、琵琶子先輩の陰から青いドレスの女性がチラリと見えた。俺はヒョイとそちらを覗《のぞ》き込む。

「お疲れ様です」

「ちっ、騙《だま》された」

そう言って、青いドレスを着た課長が走り出そうとしたところ、すかさず琵琶子先輩が腕をつかみ阻止した。

「はいはい、逃げない」

「聞いてない！　男子来るなんて聞いてない！　琵琶子言ってない！」

「そうだっけ？　ま、いーじゃん」

男子というか、俺が来るって言うと、今みたいに逃げようとするからな。これは俺と琵琶子先輩で事前に打ち合わせ済みなことだ。

それにしても、ドレス姿の課長、かわいすぎだぜ、くー！

本当に女子高生かよってくらいセクシーで美しい。

実際に周りの男たちがみんなこちらを見ている。恐らくほとんどが専門学校の生徒だろうから、年上だらけなわけだ。こういう場に慣れた大人な男がナンパしてこないか、心配になるぜ。だが、精神年齢は俺のほうが上！　そう簡単に課長は口説《くど》かせないからな！　下野《しもの》セキュリティが守ってるんだからな！

なんて意気込んでいる俺から、当の本人は逃げようと必死になっているわけだが……切ない。

必死に逃げようとしている課長を余裕の表情で押さえている琵琶子先輩に俺は声をかける。

「そういえば、奈央はまだ来てないんですか？」

「奈央ぽんたちはヘアメイクやってくれる人が違うグループだったから、別々だよ。そろそろ来るんじゃない？」

「そうですか」

「七っち、あっちにカウンターあるみたいだから、俺たちもドリンク持って来ようぜ」

鬼吉が会場に設けられているバーカウンターを指さして言う。

「ああ、そうするか」

と、二人して動き出そうとしたところで、ふと、俺は覚えた違和感に首を傾《かし》げる。

奈央ぽん、たち？

琵琶子先輩、さっき、そう言ったよな。たち、って奈央以外に誰か……。

「おーい、お待たせー」

ちょうど、そこへ黄色のドレスを着た、いつもとそう変わらない奈央がやってきた。いつもとそう変わらないとは、いささか失礼な評価かもしれないが、琵琶子先輩のギャップがすごかったので、相対的にサプライズ感が薄れてしまっている。まあ、幼馴染みフィルターもあるのでご勘弁願おう。

そんなことよりも、別のサプライズが俺の頭を抱えさせる。

白いドレスが少しまだアンマッチなあどけない少女が、奈央の横にいた。

「ふー、あんまりこういうの着たことないので意外と時間かかりました。すみません」

彼女はテーブルに着くなり、そう言って、俺たちのほうを見た。

「あ！　下野先輩に田所《たどころ》先輩、こんばんは！」

「お……小栗《おぐり》ちゃん」

「ちょっと前ぶりですね、下野先輩」

小栗ちゃんはニコリと穏やかに笑う。

なんで小栗ちゃんが来てるんだ……と、考えるも答えは簡単だ。琵琶子先輩が呼んだから。

そうでしょう？　という意味を込めて琵琶子先輩の顔を覗く。

パチッ。

なんのウィンクだよ！

なにを思って小栗ちゃんを呼んだのか、またややこしくなりそうな人物を……。

ガタガタッ――。

急にテーブルが揺れる音が辺りに響いた。その音を鳴らした主は琵琶子先輩の陰でテーブルに体重をのせながら、顔を真《ま》っ青《さお》にし、小栗ちゃんを見る。

それに気付いた小栗ちゃんが、ゆっくりと口を開く。

「あら、いたんですね、上條かちょ……あ、いえ、上條先輩」

先ほどとは打って変わって、怪しげな笑顔を見せる小栗ちゃん。

てか、今わざと上條課長って言いかけなかったか？　頼むから余計なことはしないでくれよ……。

などという俺の願望が叶《かな》うわけもなく、小栗ちゃんはなぜか課長にしつこく絡《から》む。

「上条先輩、すごい綺麗《きれい》です。さすが地元で誰もが知る超美人。ここにいる専門学校のお兄さん方が放っておかないんじゃないですか？」

「うう……」

課長は奈央にしがみついて小さく丸まる。

「どうしたのカチョー？」

そんな課長に小栗ちゃんは一歩近付き、

「せっかくだから、この機会に作ったらどうです？　彼氏」

「くううう！　いらない！　彼氏なんていらない！」

「ふふふ、そうですか。上条先輩がそう言うならしかたないですね。まあ、上条先輩なら彼氏なんていなくても、バリバリのビジネスマンになって一人でも生きていけそうですもんね。ねー、下野先輩っ」

そう言って、俺の腕に絡みつく小栗ちゃん。

「あわわわわわ」

奈央の横で課長が目を真っ白にしている。

「ヒューヒュー！　二人ともラブラブって感じなんだケド！」

空気を読め金髪！　どうみてもピリピリしてんだろ！

だいたい、小栗ちゃんはどうして課長にこんな挑発的な態度を取るんだ。あと、ナチュラルに腕を絡めてくるな。

「小栗ちゃん、ちょっと離れて。鬼吉、ドリンク取りにいこう」

「おう、そうだな。悪いなおぐっち、七っち借りてくぜ」

俺は不満そうな小栗ちゃんの腕をほどいて、鬼吉と一旦《いったん》その場を離れる。

「七っち上手《うま》いこと逃げたな」

「あんな状況逃げたくもなるよ」

カウンターに着き、バーテンダーさんにウーロン茶とジンジャーエールをそれぞれ頼む。

それを受け取って、一口だけ飲んでから、俺は大きなため息をついた。

「なんか課長も小栗ちゃんも、文化祭の日から様子がおかしくて、俺はもうどうしたらいいかわからないよ」

「あはは、まあ、七っちも大変だな」

……やっぱり、鬼吉もおかしいな。歯切れが悪いというか、俺に遠慮している感じがする。

「この前も言ったけど、鬼吉も俺に隠し事してないか？」

「そ、それは……んー、そうだな、俺たちに隠し事なんてよくないよな！　すまん、七っち、実は俺たち、七っちとおぐっちが付き合ってること、もう知ってるんだ」

「は!?」

「悪い黙ってて！」

「俺と小栗ちゃんが付き合ってる⁉」

「七っちも自分のタイミングで言うつもりだったんだよな？　わかってるぜ！　ヒュイ！」

「いやいや、ちょっと待て鬼吉。てか、俺たちって言ったよな。他《ほか》に誰がそんなこと思ってるんだ」

「俺と奈央とビワちょす。あと……透花も……だな」

「課長も⁉」

「ビワちょすが言っちゃったんだよ。俺と奈央で止めようとはしたんだけどな。多分、透花がおかしくなったのも、それが原因かと」

　待て待て待て。

　頭の整理が追いつかん。

　俺と小栗ちゃんが付き合っている？

　そしてそのことが課長の耳にまで入っているだと⁉

「鬼吉、冷静に聞いてくれ……俺と小栗ちゃんは――」

　俺が鬼吉に真実を伝えようとしたその瞬間、突如、バンッと会場の照明が落ち、辺りが暗くなった。同時にクリスマスソングが流れ始める。

『メリークリスマス！　今年もみんな楽しみましょう！』

　正面側のステージにスポットライトが当たり、マイクを握った司会者らしき男性が、パーティー開会の宣言をし、会場からは歓声が上がった。

俺も一旦、鬼吉との会話を止《や》め、ステージを注視していると、暗闇《くらやみ》の中、なにか気配を感じ、胸の辺りでピトっと小さくて柔らかいものが密着する感覚を覚える。

何事かと視線を下に向けると、同じタイミングで照明が再びつき、会場が明るくなる。

目に映ったものを確認するよりも先に、周りから上がった声でおおよそのことを察知する俺。

そして、改めてこの目で俺に抱き着いている人物を確認した。

「お、小栗ちゃん……なにしてるの？」

小さな体をピッタリと密着させて、俺に体重を預ける小栗ちゃん。彼女から感じる体温が、スーツを伝って、俺の心拍数を上昇させる。

会場の視線が俺に集中している。ヒューヒューとはやし立てる声が響き、余計に俺の顔は恥ずかしさで赤く染まる。

「下野先輩〜。最近、会えなくて寂《さび》しかったです〜」

いつからこんな大胆なことをする子に……！

「小栗ちゃん、みんな見てるから、離れて」

「嫌です。下野先輩は私のこと嫌いですか？」

「だからそれは、この前……」

「私は好きですよぉ」

小栗ちゃんの顔が俺に近付く。な、なんでこんなになまめかしく見えてしまうんだ。

「ねえ、下野先輩。私だけを見て」

彼女の小さくて柔らかそうなくちびるが、少しずつ、ゆっくり、大胆に、迫ってくる。

「え、ちょっと小栗ちゃん？」

「ん……」

華奢《きゃしゃ》な腕が力強く俺の腰をとらえ、背伸びした小栗ちゃんの全体重が、ずっしりとのっかる。

いや、これはさすがにまずい……。

「あー！　おぐおぐいたんだケド！　こらー、こんなところでなにハレンチなことしてるんだー！　ビワはエッチなの許さないぞー！」

危うくのところで、駆け寄ってきた琵琶子先輩が小栗ちゃんの背中をとらえ、決定的な瞬間を阻止した。琵琶子先輩の後ろには課長の手を引いた奈央の姿も。その奈央が言う。

「おぐおぐ、ブランデー入りのチョコブラウニー食べて酔っ払ってんだよー」

どんだけ酒弱いんだよ！

あんた一応、実年齢二十五歳でしょうが！　会社の飲み会とかどうやってのり切ってきたの⁉

その酔っ払いだという小栗ちゃんは、琵琶子先輩に引っ張られてもなかなか離れようとしない。

うん、いや、痛いのよ。しがみついている俺の腰に負担がかかっているのよ。

あとちょっとで剝《は》がれそうになったところ、鼬《いたち》の最後っ屁《ぺ》で力を振り絞った彼女のくちびるが俺に届いた。

が――勢いで照準が狂ったのか、ギリギリ、小栗ちゃんのくちびるが触れた箇所は鼻の頭だった。

観念したのか小栗ちゃんの力が一気に抜ける。

そして琵琶子先輩に引っ張られ、離れていく間際《まぎわ》、彼女は小さく俺に囁《ささや》く。

「私、酔ってませんよ」

俺は様々な感情が脳内で混ざり合って、その場で倒れそうになる。

しかし、俺よりも先に卒倒してしまった女性が一人いた。

間一髪、奈央の巨乳がクッションとなる。

「カチョー、大丈夫⁉」

白目をむいた彼女が、奈央の大きな胸に顔を埋《うず》めて小さく漏《も》らす。

「ああ、かわいい天使さんがいっぱい。今日は聖なるクリスマスなのね」

「カチョー！」

聖なるどころか、史上最悪のクリスマスだよ。

◆

虚《うつ》ろな表情の課長をみんなで介抱しつつ、テーブルに戻った俺たち一行だったが、一連の騒動により、周りの専門学生から注目を浴び、次から次へと話しかけられるようになってしまった。

琵琶子先輩と奈央は得意のコミュニケーションスキルで年上のお姉さんたちと楽しそうに盛り上がっているし、課長の周りにも、綾花さんの娘を一目見たいという学生さんたちで、人だかりができている。

社交の場ではあるので、人生の先輩方と交流を持つということは非常に素晴らしいことなのだが、こうも人が寄ってくると、身内同士の会話ができない。

この状況はあまり喜ばしくない。

俺としては一刻も早く、先ほど聞かされた鬼吉の衝撃発言が事実であるか確認したいのだ。

いったいいなにがどうして、俺と小栗ちゃんが付き合っているだなんて話になったのか。

しかし、彼らの中でそんな話が本当に広まっているなら、今までのことにもいろいろと辻褄《つじつま》が合ってくる。

奈央と鬼吉が俺に隠し事をしているように見えたことも、琵琶子先輩がこの場に小栗ちゃんを呼んで、得意気にウィンクしてきたことも。

そして、課長がおかしくなったことも。

気になるのはそんな経緯に至った、ことの発端。

まあ、正直心当たりはある。

俺は専門学生のお姉さんたちに囲まれている小栗ちゃんを見た。

ほっぺをぷにぷに突つかれたり、ケーキをあーんされたり、忙しそうだ。

そりゃお姉さんたちにとったら、小栗ちゃんは五つ近く下のかわいい女の子だもんな。

動物ふれあい広場でうさぎやハムスターと戯《たわむ》れているような感覚なのだろう。

けれども、彼女の中身は五つ近く上の大人。

お姉さんたちよりもお姉さんなのだ。

そして、そのことに、実は俺自身が一番戸惑いを感じている。

なぜなら、俺が知っている小栗ちゃんは十五歳までの『右色《うしき》小栗』だからだ。

二十五歳の『右色小栗』を俺は知らない。

それはつまり、もう、ほぼ他人みたいなものだ。

同じビルに入っている管理会社に勤めていたことは本人から聞いた。

それはつまり、もう、同じビルに入っている管理会社の社員さん、なのだ。

十五歳から二十五歳の十年間なんて最も人格が変わる時期じゃないか？　いや、知らんけど、高校卒業に、大学進学や就職からの社会経験。

中学時代の彼女と同一人物なわけがないのだ。

ゆえに、俺は目の前にいる小栗ちゃんが、どんな人間なのか、まったく見当が付かない。

ただし、一つだけ変わらず、俺の知っている小栗ちゃんがいる。

俺のことを好きでいてくれる彼女だ。

タイムリープしてまで俺に告白してくれた彼女。

その気持ちは十五歳のときから変わっていない。

そんな、思いを知っているからこそ、俺は現在の小栗ちゃんとの接し方がわからない。

君はいったい、今なにを考えているんだ。

俺と小栗ちゃんが付き合っているというデマを広めたのは君自身なのか？

そういった諸々《もろもろ》を確かめるためにも、早く鬼吉に先ほどの話をもう一度、詳しく聞きたいのだが……。

鬼吉もギャル系の学生さんたちに囲まれている。美容の専門学校でも意外とギャル系の人たちも多いらしく、パッと見回しただけでも全体の三割以上はそちら界隈《かいわい》の装《よそお》いやヘアスタイルをしている。

さすが将来のナンバー1ホストだけあって、学生さんたちとも年齢のギャップを感じさせないほど流暢《りゅうちょう》に会話を弾《はず》ませている。あの中をかいくぐって鬼吉に話しかけられるほどのスキルは俺にない。もっと営業スキルが欲しいぜ。

さて、これまで我が友人たちが、どれだけ人を惹《ひ》きつける魅力があるか語ってきたが、ああ、そうだ。もう、お気づきだろう。

俺に話しかけてくる人は誰一人いない。

ミスディレクションという技を知っているだろうか。マジックなどで使われるテクニックなのだけれど、知らない人はぜひ、ググって調べてほしい。

もちろん、俺にそんな能力は備わっていない。しかし、どうやら自然にオーラのミスディレクションをしているらしい。

シンプルに言えば影が薄いんだよ！

今、俺がどれだけ気まずい状況にいるかわかるか！

みんながワイワイ盛り上がっている中、一人でポツンとウーロン茶片手に立ってるんだぞ！

別に喉《のど》も渇いてないのに、頻繁《ひんぱん》にグラスに口を付けて、ちょびちょびウーロン茶飲んでんだよ！

味なんかしねーわ！

この状態いつ終わるんだよ。早く終わってくれよ……。

そんな俺の願いが届いたのか、会場のBGMが『ジングルベル』からマライア・キャリーの『恋人たちのクリスマス』に切り替わり、マイクを通して司会者の声が響いた。

「はいはーい！　みなさん、お待ちかね！　ビンゴ大会始めまーす！」

「よっしゃあああああああ！　ビンゴ大会最高おおおおおお！」

俺は思わず喉を全開にして叫んだ。

一瞬、辺りがシーンと静まり返り、会場中の視線が集まる。

やべ、つい孤独から解放されることが嬉《うれ》しすぎて、やっちゃった。

しかし、ここの学生さんたちはみんな優しいらしく。

「うおおおおお！　ビンゴ大会だぜえええ！」

と、一人の男子が俺にのっかってくれると、周りの人たちも次々と声を上げ、盛り上がり始めた。

かくして、クリスマス大ビンゴ大会の始まりである。

入場のときに渡されていたカードをポケットから取り出し、中央のマスを開ける。

「ウェイウェーイ！　ビンゴするぜー！」

イベントが始まったことで人がばらけたおかげか、鬼吉が自由になったらしく、俺のところへやってきて言った。もう、俺は一人じゃない！

鬼吉が隣に来たのを見てか、今度は小栗ちゃんがチョコチョコと駆け足で、こちらへ向かってきた。

「景品当たるといいですね、下野先輩」

「う、うん……」

どう反応したらいいかわからない。そんな俺の様子を、戸惑いじゃなく、照れと勘違いしたのか、鬼吉がスーッと抜き足で移動し、小栗ちゃんが俺の横に来るようにポジショニングする。

その顔は孫を見るおじいさんのような穏やかな笑みだった。鬼吉なりのアシストのつもりなのだろう。ああ、そういえば、ここへ来る前に俺は、鬼吉に、課長のことが好きか確認されていたっけ。今思えばあれはとても複雑な心境での質問だよな。鬼吉にとって、俺は課長が好きだけれど小栗ちゃんと付き合っている、どうしようもない男なわけだ。それなのに親友のため、そして後輩のためにアシストをする。なんて粋《いき》なやつなんだ。さすが鬼吉だぜ。だけど今はそのアシストいらない！

グループの半数が固まりだしたのだから、必然と残りの三人も合流しようと、まとめて俺たちの元へやってくる。最初からそうしろよ。無駄に俺を一人にするんじゃないよ。

「誰が一番最初にビンゴするか勝負しよーぜー。ま、ビワが一番に決まってるケドねー！」

いつでも能天気な琵琶子先輩だけれど、こういう気まずい状況の中で場の主導権を握ってくれるのは本当に助かる。

「ちょっと琵琶子ちゃん、一番はわたしなんだからね！　このおっぱいには夢と運気がいっぱい詰まってるんだから！」

奈央もいつものように自分のたわわな胸を寄せながら、琵琶子先輩に賛同した。夢は詰まってそうだけど、運気が詰まってるって表現は聞いたことないよ。あと、胸を寄せることが、いつものようにと表現できてしまうことに、幼馴染みとして恥ずかしさを覚えるよ。

「ビワだっておぐおぐよりは胸あるんだケド」

「はあ⁉　なんで私が急に出てくるんですか！　だいたいまだ中学生の体なんだからしょうがないでしょう！　私だって二十五歳になったら、寄せて上げて谷間くらいっむぐぅ！」

二つの意味で口を滑らしすぎなおバカな口を、俺は咄嗟《とっさ》に手で塞《ふさ》いでやる。

「わたしが中学のとき始めたバストアップ法、おぐおぐも誘ったのにねー。あのとき一緒にやってればロリ巨乳ちゃんが爆誕してたかもしれないのに、もったいない。継続は力なりだよ、おぐおぐ」

「うぐぐむぐむぐーっ！」

小栗ちゃんが俺の手の中ですごい反論をしているようだが、ただでさえカップル疑惑でややこしい状況の中、タイムリープ疑惑まで浮上させて混沌《こんとん》と化すのは嫌なので、俺も容赦《ようしゃ》なく彼女の口元を押さえる。タイムリーパー、感情的になるとタイムリープしてること忘れる説は、もう幾度となく俺や課長で立証済みなのだ。タイムリープあるあるなのだ。

「まー、でも、こういうときってサラッと透花が一番にビンゴしたりするんだよねー」

「あー、確かに。カチョーはいろいろモってる女ですからねー。ねー、カチョー？」

先ほどの放心状態からやはりまだ復帰できていないのか、ここまで無言だった課長に、琵琶子先輩と奈央が上手く会話を振る。気の利《き》く優しい人間だよ二人とも。

しかし、当の本人は、カードをジッと見つめたまま、表情一つ変えずに黙りこくっている。カード中央のフリーマスもまだ閉じたままだ。

「カチョー、まだ具合悪い？」

奈央が心配そうに聞くと、ようやく課長は顔を上げ、答える。

「奈央ちゃん、奈央ちゃん」

まるで小学生のような声色《こわいろ》で名前を呼びながら、奈央を見つめる課長。

「どうしたの課長？」

「これ、ビンゴってどうやるの？」

「「「「「⁉」」」」」

五人が一斉に課長を見た。

おいおい、嘘《うそ》だろ。いや、さすがにそれはない。ウォーターパークや遊園地で遊んだ経験がほとんどない、これはまだ課長ならありえるかもで済んだ話だ。しかし、ビンゴゲームのやり方がわからない？

いや、それはない。

まあ、百歩譲って、高校時代まではビンゴゲームの経験がないというのはありえるかもしれない。

学生時代、勉強に明け暮れていて、有名な芸能人の顔も名前も知らないなんて人がたまにテレビで出てくるくらいだから、それをビンゴゲームという事柄に置き換えたとして、課長ならギリギリそのラインも考えられる。

が、社会人になってからはどうだ。

例えば、会社の飲み会。特に忘年会などの節目の大きな飲み会のときは、ビンゴゲームの企画なんてのをやることもある。うちの会社でビンゴ大会ってやったことあったっけかな？まあ、そこら辺は俺も曖昧《あいまい》だが、他にも結婚式の二次会なんかはどうだ。課長だって二十八歳になるまで、知人の結婚式に何回か出席しているはずだ。別にビンゴゲームが定番ていうわけでもないが、どこかしらで開催されるようなメジャーな演目であることには変わりない。やはり、いくら堅物課長とはいえ、長い人生でビンゴゲームの経験がないなんてありえなくないか。

「ありえませんね」

心の問いに答えるように小栗ちゃんが俺の隣で言った。

そして、俺にだけ聞こえる声で彼女は続ける。

「上條課長、これはヤッてますね」

「ヤッてる……？」

「はい、完全にヤりにきてますね」

「ヤりにきてる⁉」

てか、ヤるってなに⁉　なにをヤるの⁉

「下野先輩がジーオータム商事に入社してから三年目の七月。決算後のお疲れ会で、ビンゴゲームが企画として開催されています。そこに上條課長が参加しているのは確認済みです」

「へー、そうなんだ。ん？　なんでそんなこと知ってるの？」

え、え？　なんかまた別のミステリー始まってない？

「今は上條課長の話です。変な勘繰《かんぐ》りはやめてください。ただ、私が下野先輩の行動を逐一《ちくいち》チェックする癖《くせ》があって、たまたま同じ居酒屋に居合わせていただけです」

「変なじゃない！　順当な勘繰りだったよ！」

「つまり、上條課長はビンゴゲームの存在もルールも知っているはず」

「話を強引《ごういん》に進めないでよ！　うん、まあ、だとして、じゃあなんで課長はあんなことを」

「だから、ヤってるんですよ」

「そのヤってるってなにか教えて！」

俺のツッコミに小栗ちゃんは一度、こちらを向いて、一つだけため息。なんかすごい傷ついた今！

「これだから男の人は……。あのですね、私聞きましたよ、最近、上條課長の様子がおかしいって話。それっていつ頃《ごろ》からですか？」

「先月くらいかな」

「つまり、文化祭があってから約一ヶ月後ってことですよね。私もうわかりましたよ。上條課長がどんな人間なのか」

「課長がどんな人間か。真面目《まじめ》で几帳面《きちょうめん》とか？」

小栗ちゃんは再び、そして先ほどよりも深い、ため息をついた。うう、グサグサくる。

「まーまー、表面上はそうなのかもしれませんね。私の会社でもジーオータム商事の営業課長はデキる女だって有名でしたから」

「ほ、ほら、合ってるじゃん」

「表面上は、です！」

怖い！　見た目はかわいらしい中学生なのにこの子怖い！

「いいですか、下野先輩。上條課長の本質はですね」

「本質は……？」

「かまってちゃんです‼」

「かまってちゃん⁉」

かまってちゃんってあれか、承認欲求が強くてツイッターとかによく生息しているという、あのかまってちゃんのことか？

「そのかまってちゃんです！」

「俺の心読むのやめて！」

いや、しかし、あの課長がかまってちゃんだなんて、想像もつかんぞ。

「この前も言いましたよね、上條課長には裏の顔があると。文化祭のことも下野先輩を弄《もてあそ》んでるとも。上條課長はチヤホヤされるのが好きなんです。だから気を持たせるようなことしては、ギリギリのラインをキープする！」

「そ、そうだとして、最近の様子がおかしいことと、なんの関係が？」

「だから、かまってちゃんだと言ってるじゃないですか！」

ううううう、この子、怖いよお。

「下野先輩は屋上に来なかった事情を上條課長に直接聞いてないんですよね？」

「そりゃ……気まずくて聞けないよ」

「上條課長はそれが気に食わなかったんですよ。なんで七哉《ななや》くんはなにも聞いてこないの？もう私に興味ないの？　そうなると、かまってちゃんは止まらないんです。やだやだ、私のことチヤホヤしてくれなきゃやだ！　その結果、みんなの気を引くようなことをし始めるんですよ。そう、まるで幼児のようにね！」

よ、幼児のように！　確かにここ一ヶ月の課長はまるで幼児のようだった！

「もうわかりましたね、下野先輩。つまり、ビンゴゲームの経験があるにもかかわらず、まるで初めて見たかのようなリアクション。あれはビンゴってなに？　みんな私にかまって教えて。ほらほら、ビンゴ知らない私って天然でかわいいでしょ？　ってのをヤってるんですよ！」

「ヤってる！」

「そう！　ヤりにいってる！」

「ヤりにいってる！」

「これが上條課長の正体です！」

「かわいい！」

「そうです、かわいい……はあ⁉」

「かまってちゃんでヤりにいってる課長かわいい！」

小栗ちゃんが横で本日一番のため息をついて、ビンゴカードの中央めがけて人差し指を思いっきり突き刺した。

そして、

「下野先輩〜、このゲームってどうやるんですか〜？」

「ヤりにきてる！」

連載開始
START!!!
GAコミック
祈りの国のリリエール
漫画◆ねりうめ　原作◆白石定規
キャラクター原案◆あずーる
一瞬で治療していたのに役立たずと追放された天才治癒師、闇ヒーラーとして楽しく生きる
漫画◆十乃壱天　原作◆菱川さかく
キャラクター原案◆だぶ竜
「面白い!」をギュッと!
GAコミック
今冬、連載開始!!
今すぐ読める!
転生魔王の大誤算
～有能魔王軍の世界征服最短ルート～
漫画◆ゆめらん　原作◆あわむら赤光
キャラクター原案◆kakao
カンスト村のご隠居デーモンさん
漫画◆ミヤウチユウスケ　原作◆西山暁之亮
キャラクター原案◆TAa
転生担当女神が100人いたのでチートスキル100個貰えた
漫画◆あざらし県　原作◆九頭七尾
キャラクター原案◆かぼちゃ

「教えてくださいー」

「今フリーマス開けたよね⁉」

「ふん、もういいです」

ちっちゃな口をとがらせて、小栗ちゃんは奈央の元へと行ってしまった。

なんだったんだ。

ちなみに奈央はヤりにきているという、かまってちゃんの課長に律義にビンゴのルールを説明していた。果たして、課長は本当にヤっているのだろうか。

そんな疑問を抱きながら、さっそくビンゴゲームが始まる。

『ビンゴした人には豪華景品を用意していますよー！　もちろん早い人ほどいい景品が選べます！　あの有名テーマパークのペアチケットに併設ホテルの宿泊券もあるぞー！』

その言葉に会場の熱気が高まる。

あのテーマパークのホテルに泊まれる宿泊券……それは意中の相手をお泊まりに誘う恰好《かっこう》の理由になる。あのホテルに泊まれると聞いて喜ばない年頃《としごろ》の女子はそういないだろう。ゆえに男子にとっては絶対にゲットしておきたい景品なのだ。

もちろん、俺も。

このチャンス、逃すまい！

『さあ、記念すべき一投目の数字は――74でーす！』

俺はカードに記《しる》された二十四個の数字を上からなぞるように確認し、無事74を見つける。

「お、幸先《さいさき》いい」

しかも角だ。ラッキー。

指で右上の角マスを押す。それを覗く鬼吉が、

「七っち～、俺はなかったぜー。鬼ちゃんしょんぼりクエスト」

「また変な鬼吉用語増やすな」

女子陣もみんなして「あー」と、残念がっているので、どうやらスタートダッシュを切ったのは俺一人のようだ。

『はいはーい、どんどん行きますよー！　次は29！』

29……あった。フリーマスの斜め左下。さっき開けた角と繋《つな》がって斜めのラインができる。

隣にいた鬼吉も29があったらしく、嬉しそうに声を上げる。

「よっしゃー！　ヒュイが回ってきたぜー！」

「なんなの？　ヒュイが広辞苑《こうじえん》にのったらまるまる一ページ使うくらい意味があるの？」

ステージでは三回目のガラガラが回る。

『さあ、お次はー！　松井秀喜《まついひでき》の55だー！』

いや、古いのよ、と思ったが、この時代だとギリギリ、ヤンキースにいたくらいか？　野球は詳しくないからあまりわからないが、まあ、でも松井秀喜が旬な時代でもないだろう。

「三投目になると、最速でリーチの人が出てくるな。けれど、そんな簡単に……あった！　55あった！」

二段目の右から二番目……つまり、

「リーチだ！」

会場中の視線が叫んだ俺に向けられる。俺の手には斜めに四つ穴が空《あ》いたカード。残る数字はラッキーナンバーの7。七哉の7！

あんなに無視されていた俺が、今や一気に注目の的だ。

「マジかよ七っち、これマジで一番のりいけるんじゃね？」

鬼吉がガシっと俺の肩を抱く。

「いや～、そんな上手くいかないよ～」

なんて言いながら、俺は心臓をバクバク鳴らせていた。

長い人生、明確にツイていたことがあった記憶はない。

まさか時間を遡《さかのぼ》った先で、俺のツキというやつが収束するとは。

そういうことか、神様。ここでバーンとビンゴしてドーンと宿泊券片手に課長を誘って、ジャーンと結ばれろってことだな！

「七っち、もしビンゴしたらどっち誘うんだ？　順当にいえばおぐっちが普通だけど、相手は中学生だしなあ。かといって、透花だとそれはそれで、公然浮気《うわき》になるし」

ああ、そうだった。ビンゴに熱中しすぎて、問題が宙ぶらりんだったことを忘れていた。

「そのことなんだけどな、鬼吉――」

『すでにリーチの人が出てるようですね！　果たして最速ビンゴとなるのか！　運命の四投目！』

「七っち、くるぜ！」

「お、おお！　頼む、7来てくれ！」

ええい、問題は後回しだ。

今はビンゴに集中！

さあ、来い！

俺史上、最大のビンゴよ！

『次の数字は――』

◆

「よかったー、まだビンゴの景品残ってたよー。見てー、この入浴剤かわいい」

「ちょっと、奈央ぽんの景品ビワのと同じじゃん。ウケる」

「そりゃ琵琶子ちゃんもさっきビンゴしたばかりだからだよ！　もう残ってるのこれしかな

かったんだよー。最後の一個」

「あははー、でも、この入浴剤けっこう良さそうだよね。てか、結局一番早かったのは透花とおぐおぐだったね」

琵琶子先輩の視線の先にいた課長と小栗ちゃんは、同じクマのぬいぐるみを抱えて並んで立つ。

「おぐおぐも、そんなぬいぐるみ選ぶなんて、まだまだ子供ってワケだねー」

「べ、別に残ってたので一番いいのがこれだったんですよ！　それを言うなら私より年上の上條先輩のほうが年齢に対して幼いじゃないですか」

「今の透花は幼稚園児だから」

琵琶子先輩の言葉に課長が歯を見せて、

「園児じゃない！　私もこれがよかったの！」

「カチョー、それじゃあ反論になってないよー、ははははは！」

奈央が口を大きく開けて笑う。

「ウェイウェーイ！　俺のが一番実用的だぜ！」

女子陣に向けて、鬼吉が景品の日焼けクリームを見せた。

「ねーねー琵琶子ちゃん、なんで景品に日焼けクリームなんてあるんだろう」

「ビワに聞かれても……。なんか、美容学校じゃお肌についての勉強とかもするから、それ

「繋がりじゃない？」

「さすが琵琶子ちゃん！　最近、美容学校について興味津々だもんね」

「ちょっ、うるせーし、この巨乳がー！　オラー」

「キャー、痴漢！　琵琶子ちゃんおっぱいの揉《も》み方がいちいち、やらしいよー！　あーん！」

金髪ギャルが巨乳の胸を揉みしだく姿に、周りの学生、特に男性が釘付《くぎづ》けになっている。

さて、奈央が言うには、入浴剤が最後だったということだから、もちろん景品がなくなった、ビンゴ大会は……。

『これにてビンゴは終了でーす！』

司会者の掛け声がしたと同時に、もらった景品の話題で盛り上がっていた五人が、一斉に俺を見る。

そして、気まずそうな目をしてから、これまた一斉に視線をそらした。

「ああ、悪かったね！　いの一番にリーチかけといて、最後までビンゴできなくて！」

ワンリーチだけされたカードが、俺の右手でむなしくヒラヒラと揺れている。

「七のすけ、アンタって本当、残念な男だよね」

「鬼かあんたは！」

そういうのを死体蹴《げ》りっていうんだよ！　格ゲー界じゃマナー違反だぞ、この素人《しろうと》が！

「わたしは七哉がもともとそんな運がないってわかってたよ」

「現世に鬼が二人もいましたね！」

「まーまー、おっぱい揉んで運気上げとく？」

「それで本当に運気上がるなら宗教でも始めろ！」

俺がツイていないのは、こいつらに運気を吸い上げられているからじゃなかろうか。どうして、いつも俺はこうなんだ。いい感じだと思ったら、あと一歩のところでストップし、ぬか喜びで終わる。神様、俺の人生ステータス、バグっていやしませんか？

『なーんて、思ったりしてないですかー⁉　安心してください、みなさん！　まだラストワン賞が残っていますよー！』

天から一本の糸が垂らされた。

司会者が先ほどの終了宣言を撤回し、ラストワン賞なるものがいったいなんなのか説明を始める。

『綺麗に揃うことだけが人生じゃない。いびつな線を引いたっていいじゃない！　ビンゴできなかった君たちにラストのチャンス！　みなさん自分のカードを見てください。右上の方に三ケタのカードナンバーが記されていますよね？　今から私が持っているこのボックスからクジを引いて、出た数字と同じカードナンバーを持っている人に、とっておきのシークレット賞品をお渡しします！　もちろん、既にビンゴされた方のカードナンバーは景品交換時に控えているので、クジから除外しております。正真正銘、負け犬たちの最後の悪あがきだー！』

そう言って、正六面体のボックスを天井《てんじょう》に向けてかざす司会者。

それにビンゴできなかった面々が野太い声を上げる。

「うおおおおおお！」

『負け犬どもー！　賞品が欲しいかー！』

「欲しいー！」

『ビンゴしたやつらを見返してやりたいかー！』

「やりたーい！」

『どんな賞品でも文句はないかー！』

「なーい！　……うん？」

ひょこっと姿を現した違和感に会場がどよめく中、司会者は関係ないといわんばかりにボックスに手を突っ込んだ。

ガサガサ――。

『これだー！　ナンバー154！　さあ、誰が当たったー⁉』

司会者が顔を左右に振るのと連動してみんながソワソワし始める。

俺はそんな周りの様子を見渡しながら、ゆっくりと視線をカードに落とした。

ナンバー154。

「俺だ……」

『いたー！　幸運の負け犬くんは、なんとスペシャルゲスト、綾花ちゃんの娘さん一行のメンバーだあ！』

先ほどの最速リーチ以来、二度目の注目。

てか、負け犬って言い方やめてくれませんかね？　僕、当選したんですよね？

「おおお！　さすが七っちだぜー！」

「私はやると思ってましたよ下野先輩！」

「ふん、七のすけにしてはやるじゃない」

「七哉～、商品のおすそ分けよろしくね～」

「……おめでと」

週刊漫画で行われた人気投票の結果発表みたいなコメントの羅列やめろ！

ったく、さっきまで全員、目そらして気まずそうにしてたくせに、手のひら返しやがって。

けど、ちゃんと俺はさっきの、司会者がしたコールアンドレスポンスの中にあった違和感のことを覚えているからな。

彼は、どんな賞品でも文句ないかーって言ったんだ。

絶対に文句出るような賞品ってことじゃねーか！

なにがラストワン賞だよ。盛大なフリしやがって。ただのオチ要員だろ、どうせ！

と、心の中でブツブツ文句言いながらも、俺は律義にステージへと向かった。

まあ、案外、いい賞品かもって可能性もなきにしもあらずかもしれなくもないかもだしね。

ステージに着くと、司会者が俺の肩を抱いてマイクに向かって叫ぶ。

『よく来た若人よ！　名前は？』

『下野です。下野七哉、甘草南《あまくさみなみ》高校の一年生です』

『下野くん！　君は本当に幸運な男だ！　いや、幸運を運ぶサンタクロースだ！』

無理くりクリスマスに結びつけたいのか、よくわからないたとえをする司会者。当選者なんだから、どちらかというとサンタクロースにプレゼントを運んでもらう側だろうに。俺が白ひげのおじさんになってどうする。

意外とステージの上は照明が強くて、まぶしさから眉間《みけん》にシワを寄せていると、隣で肩を組んでいたはずの司会者が、いつの間にか俺の横から消えていた。

「あれ、どこ行ったんだ？」

また俺を一人にしないでくれよ。今の俺は孤独に敏感なんだよ。

司会者はどこだと俺がキョロキョロしていると、スピーカーから流れていた『恋人たちのクリスマス』がスッと止まる。

そして、煌びやかなライトの交差と共に『あわてんぼうのサンタクロース』が流れ始めた。

照明の演出とＢＧＭが合ってないな！

『はいはーい、下野くんお待たせしましたー！』

軽快に流れる『あわてんぼうのサンタクロース』と共に司会者が大きな紙袋を持ってステージに戻ってきた。どうやらステージ脇《わき》に、なにか取りに行っていたらしい。まったく、お待たせしましたって言うなら、なにか言い残してから消えてくれ。寂しかったんだからね！

『はい、これ』

そう言って、司会者は持っていた紙袋を俺に渡す。

これが賞品かなと思い、紙袋の中身を確認してみると、赤と白の布が見えた。

俺はそれを手に取って持ち上げる。

「これって……」

『そう！　君がサンタクロースになるんだよ！』

入っていたのは、サンタクロースのコスプレ衣装。いや、マジで白ひげのおじさんになるんかい！

『じゃあ、向こうで着替えてきてねー』

早い早い！

展開が早い！

が、俺たちはゲスト。招待された側だ。そんな立場の人間が、盛り上がっている会場を白けさせるなんてのはさすがに大人げない。しかたないか……。

しぶしぶと、ステージ脇に移動し、スーツからサンタクロースの衣装に着替える。ご丁寧にもこもこの白ひげ付きだ。

俺がサンタクロース姿になってステージに戻ると、会場はより一層盛り上がりを見せた。

この歓声……悪くないな。

さて、クリスマスらしくサンタクロースになったのはいいが、ここからどうしろというのだろう。まさかこのコスプレ衣装が賞品？　使える日が限定的すぎて、あまり嬉しくないなあ。

『意外と似合うねえ下野くん。もしかしてサンタクロースやってた？』

「昔、ケーキを売るバイトでやっていたことはあります」

『あれ、君って高一なんだよね？　中学生のときにバイトしてたの？』

またやってしまった！　このタイムリープ時差ボケどうにかならんかね！

「あ、あの、そういう夢を見たことあるってことです」

くー、誤魔化《ごまか》し方が酷《ひど》すぎるぜー。あーあー、奈央と琵琶子先輩が、なに言ってんだこいつって顔してるぞ。横で小栗ちゃんはニヤニヤしている。やらしい後輩め。

『そうかそうか、下野くんは面白《おもしろ》いね！』

優しい！　この人優しい！　好き！

「ところで、サンタクロースの衣装がラストワン賞の商品なんですか？」

『いやいや、この衣装は借り物だからあとで返してもらうよ。君にはこの会場内の誰かに、賞品をプレゼントできる権利を上げよう！　まさにサンタクロース！』

賞品もらえねーじゃねーか！　優しい撤回！　当選の意味を辞書引いてから出直してこい！

『それじゃあ、下野くん改め、下野サンタさん、これがその賞品ね』

渡されたのは綺麗なネックレス。

中央に小さなリングが通されている。

『このネックレスの発注先に持っていけば、リングの内側に好きな文字を彫ってもらえるよ。さあ、下野サンタさん、意中の人にネックレスを渡して、一緒に記念の文字を彫ってくればいい！』

なるほど、ラストワン賞の趣旨はなんとなく理解した。

学生が好きそうなクリスマスらしい企画だ。後日のデートを確約できるという手の込んだ仕様もポイントが高い。ビンゴ大会のオチとしては、いい締めくくり方だろう。企画発案者はけっこう優秀じゃないか？　社会に出たら、俺なんかより出世が早そうだ。

企画者の思惑通り、会場にいる学生さんたちはワクワクした表情を覗かせながら、みんなして俺を注視している。

もちろん彼らが期待しているのは、俺と一緒に来た女子四人の誰かに、このネックレスを渡すこと。

専門学生のみなさんが俺らの関係性を知るわけもないので、誰に渡すかは、あまり重要でない。高校生が同年代の女子に、ほぼ告白ともとれる行動をする初々しさに注目するのだ。

しかし、俺たち甘高《あまこう》グループの身内間では、また話が別だ。

サンタに扮《ふん》した下野七哉は、誰にネックレスを渡すのか。

恐らく全員が、順当に考えて、右色小栗に渡すと思っているだろう。

なぜそうなっているかは俺が聞きたいところだが、彼らの中で、今、俺と小栗ちゃんはカップルになっているのだから。

彼氏が彼女にクリスマスプレゼントを渡すだなんて、こんな企画がなくても行われる定型イベントだ。

本当に彼氏と彼女ならな。

司会者に促され、俺はステージを下りる。

とりあえず、ゆっくりと元居た場所に移動し始めるが、どうするべきか、まだ決断はできていない。

ひとまず、ことを荒立てないよう、小栗ちゃんに渡すか……。

しかし、こんな公然の前で、小栗ちゃんにプレゼントを渡してしまったら、それこそ、どこから浮上したかもわからないカップル疑惑を、自ら認めることになる。その後、誤解をとくのに、いらぬノイズが入って、ややこしくなるのが目に見えるではないか。

だったら、純粋に素直な気持ちで、渡す相手を選ぶべきだ。

もちろん、その相手は課長だ。

そうだ、課長に渡せばいい。

俺は小栗ちゃんと付き合ってはいない。

俺の本当に好きな人は上條透花なのだと、この機を使って、主張するのだ。

課長に渡すぞ。

本当に——？

本当にそれでいいのか？

もっと冷静に……大人になって考えるべきでは？

俺と小栗ちゃんが付き合っていると思われている、そんな中で、俺が小栗ちゃんを無視して、課長にこのネックレスを渡したら。

果たして、課長はどう思う？

嬉しいと思うか？

恋人を差し置いて、その目の前で他の女性にネックレスを渡す、なんとも奇怪で、軟派な男。そう、彼女の目には映ることだろう。

それに疑惑の真相もまだつかめていない中、俺のエゴだけを通す行動は、決して褒められたことではないかもしれない。だって、もしかしたら、この疑惑は、俺自身の言動が原因で誤解を招いているという可能性も考えられるのだ。だとしたら、悪いのは俺だ。それすらもわかっていない状態で、下手にことを起こしたら、またいらぬ誤解を上塗りする危険もある。

そうなったら目も当てられない。

まずは、しっかりと、どうしてこのような状況になっているのか。

それを確認し、誤解をといた上で、自分の気持ちを通すことが筋じゃないだろうか。

あーだこーだ考えているうちに、あっという間に俺の足は、みんなの前まで運ばれていた。

五人がサンタになった俺をにこやかに迎える。

どうする……ここはやはり、小栗ちゃんに渡すべきか。そう思って、小栗ちゃんを一瞥《いちべつ》する。

すると、まるで待ち構えていたかのように彼女がこちらを見ていた。バッチリと目が合い、そして、

「わー、ありがとうございます、サンタさん！　嬉しいです」

そう言って、小栗ちゃんはネックレスに手を伸ばし、そのまま俺に抱き着いた。

「え、いや……小栗ちゃん、まだ」

ぎこちない動きで小栗ちゃんの体を受け止めつつ、俺は戸惑いの表情を浮かべるも、間髪

入れずに周りから歓声が上がり、会場には拍手の音が響いた。

その瞬間。

タッ――。

テーブルを挟んだ向こう側で、かすかに誰かが駆け出す足音が鳴った。

もちろん、その場から走り出したのは、上條透花だった。

◆

サンタクロースの衣装を返却してから、俺は元のテーブルに戻り、下を向いていた。

気まずさに耐え切れない。

誰に対して気まずいとかではない。この場にいる自分という存在が、気まずいのだ。

「まあ、しかたないよ。さすがに今回は七哉が悪いわけじゃないし」

消えていった課長、そしてそれを追いかけていった琵琶子先輩が不在の中、奈央が優しい声で言った。

「そうだな。七っちは悪くない」

気を使ってくれている二人であるが、それはつまり、課長が逃げ出したのは、やはり俺がネックレスを小栗ちゃんに渡したことが原因だと、みんな理解しているということでもある。意図した結果ではないにしろ、優柔不断であった俺が悪いのは事実だ。

「でも、さすがに二人ともちょっとイチャイチャしすぎだよー。七哉は隠しているようだけど、ぶっちゃけ、わたしたち二人が付き合ってること、もう知ってるんだよね」

「うん、奈央、そのことなんだけれどさ」

ちょうどカップル疑惑の話題になったので、俺が誤解をとこうと話し始めたところで、琵琶子先輩が帰ってきた。

「ただいまー」

「琵琶子ちゃん、おかえり。カチョーは？」

「オープンテラスあったから、そこで休憩してる。なんか具合悪くなったらしいケド、外の空気吸ったらちょっと落ち着いたから、もう少し休んだら戻ってくるって。一人になりたいっぽかったから置いてきた」

「外寒くない？　今晩、雪降るとか言ってたよ」

「ああ、受付に預けてたコート一回取りに行ったから平気だと思うよ。ビワも途中まで一緒にテラスいたケド、まだそこまで寒くなかったし」

「そっか。ならよかった。もー、カチョーは心配ばっかりかけて赤ちゃんみたいだよー」

なんか本当、最近の課長と奈央の立場が逆転してるな。最初は課長が保護者みたいだったのに、いつからか奈央が保護者みたいになってるよ。夏くらいからその片鱗《へんりん》見えてたけど。

「んでで、なんの話してたのー？」

陽気に琵琶子先輩が聞く。この人は、いつでもあっけらかんとしているな。

「七哉とおぐおぐが付き合ってること、もう、わたしたちも知ってるけど、イチャイチャしすぎって注意してたの」

「あ、言っちゃったんだー。七のすけ隠してたっぽいから一応みんな気使ってたんだぞ。感謝しろよ」

「は、はあ」

なるほど、そういうわけか。みんなの中では俺が隠してた側になってるんだな。

「二人とも若いからイチャイチャするのはいいケドねー。あんまエスカレートしてエッチなことしたりすんなよー」

「するか！」

俺がツッコむと、小栗ちゃんも横で、

「左近司《さこんじ》先輩じゃあるまいし」

と、ボソッとこぼす。

琵琶子先輩にはしっかり聞こえていたらしく。

「ちょっ、ビワはそういうエッチなのは高校卒業するまでしねーし！」

「またまた、そういうのいいですから」

小栗ちゃんはやれやれという表情で答える。

俺は琵琶子先輩の代わりに弁明してやる。

「いや、本当、本当。この人、こう見えてかなり純粋だから」

「えっ？　左近司先輩もしかして処女ですか？」

「は⁉　処女じゃねーし！　処女だケド処女じゃねーし！」

俺の童貞じゃねーしと同じ返ししてんな。

「ギャルなのに」

「ギャル関係ねーし！」

「処女ビッチ」

処女ビッチってなに⁉　たった五文字で矛盾してる！

「おぐおぐめ、やけに強気だなー。まさかおぐおぐ、もう、七のすけと⁉」

「……さあ」

さあ、じゃねーよ！　否定しろ！

二人の攻防に場がかき乱されているので、一度咳払《せきばら》いをして俺は注目を集める。

「あのですね、みなさん、一ついいですか」

「どうしたの七哉、そんな改まって」

改めたいことを今から言うのだから、改まるのは当然だ。

俺はみんなの呼吸が一度落ち着いたのを確認してから、ゆっくりと口を開いた。

「俺たち、付き合ってないよ?」

うん、いざ、言葉にしてみると、まあ、なんとサラッとした内容なのだろうか。

間違いを訂正する。これだけのシンプルなことなのだ。

初めに反応したのは鬼吉。

「ん? どういうことだ七っち。おぐっちと七っちが付き合ってないってことか?」

「うん、そう。シンプルにそう」

次いで声を上げたのが奈央。

「へ⁉ そうなの⁉」

「うん、そう。むしろなんでそういう話になってるかがわからない」

そして最後に明確に反論してきたのが琵琶子先輩。

「いやいや、ビワ聞いたし。二人が付き合ってるって」

「誰にですか?」

「おぐおぐ」

ほう……、いろいろな可能性も考慮していたが、結局は一番最初に怪しんでいた人物が、やはりこの噂《うわさ》の発端を作っていたらしい。そして琵琶子先輩が拡散したと。

俺は、無言で小栗ちゃんを見た。

「ふぇ？」

めちゃくちゃ白切《しら》ってる！　すごいすました顔で白切ってる。

いいだろう。じゃあ、その弁明を聞こうじゃないか、容疑者くん。

「どういうことか教えてくれる小栗ちゃん」

「私ですか？」

おまえだよ！　おまえ以外に誰がいるんだよ！

「今の話を聞く限り、どう考えても、小栗ちゃんがことの発端を作っているように思えるけど？」

小栗ちゃんの飄々《ひょうひょう》とした態度にのまれないよう、俺も強硬な意志で問い詰める。そんな俺に奈央も追撃してくれる。

「そうだよ、おぐおぐ！　わたしなにがなんだかで、おっぱいしぼんじゃいそうだよ！」

いや、追撃になってるのか？　どちらにしろ、すれ違っていた俺と奈央たちの見解がようやく交差し、その疑問は一本の筋となって、小栗ちゃんに向けられる。

俺たちは呼吸を合わせて、彼女の言葉を待った。

「私……そもそも、左近司先輩に、付き合っているだなんて、一言も言ってませんよ」

爽《さわ》やかに笑って小栗ちゃんは、サラッと言いのける。

その表情があまりにも自信に満ち溢《あふ》れているので、俺たちは、標的を変え、琵琶子先輩を見た。

「な、なんだしー！　ビワ本当に聞いたし！」

「じゃあ、そのときの様子がどんなだったか教えてくれます？」

俺は疑いの目を向けて琵琶子先輩に言う。申し訳ないが、この人も多少、信用できないところがあるからな。

「だいたい、七のすけがおぐおぐと二人で密会してたんじゃん！」

「密会……？　ああ、ファミレスのことか……。あれは別に、密会じゃなくて、ちょっと話をしてただけですよ。てか、琵琶子先輩いたんですか？」

「いたよ！　見てたの！　だからビワは二人イイ感じなの⁉　って思ったワケ。前々から、おぐおぐが七のすけにグイグイいってたの知ってるし！」

琵琶子先輩は疑われていることに不満気になりながらも答える。それに続いて今度は小栗ちゃんが口を開いた。

「それで、左近司先輩が私のところまで来て、私たちの関係を聞いてきたんですよね。もう、そのときには下野先輩はいなかったですけど」

「そう！　そのときにビワ聞いたもん！」

「えー？　私、言ってませんよー。左近司先輩の勘違いなんじゃないですかー」

琵琶子先輩を見ていた小栗ちゃんの目が三日月型に細くなった。こっちもこっちで怪しくなってきたな。

「でもでも……えっと、ビワがおぐおぐに二人がイイ感じなのか聞いたら、おぐおぐは……。あ、そうだ！　『いい感じか、よくない感じかでいったら、いい感じかもしれませんね』って！」

「ほら、言ってないじゃないですか」

「そ、そうだケド……」

確かに明言はしてないけど、だいぶ小栗ちゃん側が疑わしくなってきたぞ。

「はい、左近司先輩の勘違い」

「待って待って！　そのあとビワが、もしかして二人もう付き合ってるのって聞いたら、おぐおぐが！」

これは核心にせまる質問。この返答で真相が全《すべ》て明かされるはずだ。

「私が、なんて言ったんですか、左近司先輩？」

「えっと、確か……『ご想像にお任せしますよ』って……」

「あれ？　あれあれあれ？　左近司先輩？　私、一言でも『付き合ってる』だなんて言ってますか？　ねえ、左近司先輩？」

「ほ、本当だ……言ってない。ビ、ビワの勘違いだった……あわわわわ」

「あわわわじゃねーよ！　なに押し切られてんですか琵琶子先輩！　どう見ても確信犯でしょうが！　誤用のほうの確信犯！　わかってて、やってるんですよ！」

「え、そうなの⁉」

「そうですよ！　あの顔見てください！」

俺は小栗ちゃんの顔を指さして、琵琶子先輩にそちらを見るよう促す。

そこにはいかにも、騙されるほうが悪いんですよ、と言いたげに口を尖《とが》らせている顔。

「え、え、え、どっち⁉　奈央ぽん、ビワが悪いの⁉　どっち⁉」

しかし、自分が間違っていたかもという罪悪感からか、テンパっている琵琶子先輩は、そんな小栗ちゃんの顔を見ても正解にたどり着けず、隣にいた奈央の腕をつかんで、弱々しい声を出す。こういうとこがピュアなんだよ、この人は。

「琵琶子ちゃん！　安心して！　これは間違いなくおぐおぐの策略だよ！」

「奈央先輩～。小栗のこと見捨てないで～」

栗でもかじってるリスみたいなつぶらな瞳《ひとみ》で奈央を見つめる小栗ちゃん。

「おぐおぐ、そんな顔してもわたしは騙されな……かわいい～！」

この巨乳は！　しかし、一方で琵琶子先輩は、正気を取り戻したらしく。

「おぐおぐめー、よくも騙したなー」

「だからー、騙してませんよー。左近司先輩が勝手に勘違いしたんじゃないですかー。ね、下野先輩」

そこで、よく俺に振れるな！　やっぱり俺や課長よりも先にタイムリープしてきた時間遡行者《そこうしゃ》の先輩だけあるぜ。タイムリーパーは時間遡行の期間が長ければ長いほどメンタルが強くなるのが定石だからな。

「なんだー、七のすけー。アンタはおぐおぐの味方ってワケー？」

「あんたがテンパってるときに、いの一番にツッコんだの誰か忘れたんですか！　小栗ちゃんも勝算なく俺に同意求めるんじゃないよ！」

俺の言葉に小栗ちゃんは、

「ちぇー」

ちぇー、じゃないよ。本当に、どんどん俺の中で小栗ちゃんのイメージが崩れていくな。二十五歳の右色小栗……恐るべし。

「おぐおぐはなんで、そんなことしたのー？　七哉に聞けばこうやってすぐバレちゃうのに」

奈央が聞く。詰まるところ、結局みんなが気になるのはそこだ。

「それは……」

「透花だろ？」

言いよどむ小栗ちゃんの代わりに答えたのは、これまで黙って話を聞いていた鬼吉だった。

小栗ちゃんはその質問にすかさず反応し、キッと自分よりも身長の高い鬼吉を見上げて睨《にら》む。

「透花と七っちの仲をかき乱したい。それでわざと七っちと付き合ってるなんて噂が広まるようにして、透花を不安にさせた。そんなところだろ。もし、七っちが早い段階でそれを否定しても、恋愛慣れしていない透花なら余計な勘繰りをして、疑心暗鬼になるかもしれないし、問い詰められても今みたいに明言していないの一点張りで言い逃れできるからな、おぐっち……いや、小栗」

鬼吉は珍しく真剣な口調で語った。

ピリピリとした空気が漂う。

「変な言いがかりはやめてください、田所先輩。さっきも言った通り、別にみなさんを騙すつもりなんてなかったわけですから、上條先輩のことも、私の知るところではありません。上條先輩の様子がおかしくなろうが、あの人も、もう二十……いえ、十七歳なんですから、子供じゃあるまいし、自己責任ですよ」

「責任の所在について話をするなら、自分の言動で誤解を招いた責任も小栗自身にあるだろ。俺たちはもう誤解はとけたが、一人だけまだ、真剣に悩んでいる人間がいるんだ。責任もって自分で謝りにいってこい」

「はあ？　なんで私がそんなこと」

「小栗にとってはそんなことでも、透花にとってはそんなことで片付けられることじゃないんだよ。七哉のことを好きなおまえが、一番わかっているはずだろ」

鬼吉に七哉と呼ばれたのは久しぶりだ。

多分、鬼吉は小栗ちゃんを真剣に叱《しか》っているのだろう。

怒るでなく、叱る。

まるで課長のように。

「田所先輩なんか怖い！」

「え⁉」

それでもチワワのように反抗する小栗ちゃん。

意表をつかれたのか、鬼吉もいつもの表情に戻る。

「いつもウェーイウェーイとか、ヒュイヒューイとかしてくるくせに、こういうときだけ昔の田所先輩みたいに戻って！　誰があなたをギャル男にしてあげたと思ってるんですか！」え、小栗ちゃんが鬼吉をギャル男にしたの⁉　確かに小栗ちゃんがタイムリープして奈央や鬼吉に変化をもたらしたとは言っていたけれど、そんな直接的に⁉　催眠術でも使ったのか？　すげーな小栗ちゃん。

「そ、それは、おぐっちだけどー」

鬼吉もなんか、そのことに関しては恩義を感じている様子！　二人の間になにがあったのかあとで詳しく聞きたい！

「怖い、怖い、怖い！　背の高い日焼けした高校生のお兄さんが、小さい女子中学生相手に真面目に説教してきて怖い！　私もう泣きそうですよ！　ほら、泣きますよ！」

泣く宣言する泣きそうなやつなんていないんだよ！

「あ、ああ、あ、ご、ごめんよ～、おぐっち～」

「うえええええん！　田所先輩が怒ったー！」

「あー！　鬼吉、おぐおぐのこと泣かしたー！　このやろー、わたしのおぐおぐになにするんだー！」

奈央がすかさず嘘泣きの小栗ちゃんを抱きかかえる。ちゃんと小栗ちゃんの顔を確認してはいないが嘘泣きだとは断言しておこう。

てか、奈央はどっちの味方なんだよ！　なに、さっそくまた騙されてるんだよ！

「げー、年下の女子泣かすとかオニキチ最低なんだケドー」

「ビワちょすまで、そんな～」

あんたもそっち側かい。こういうときに女子陣が作る結託は恐ろしいものがあるな。だけど、男子の友情パワーだって負けてないんだぜ。

「二人とも冷静になってよ。鬼吉めっちゃ正論言ってるよ。俺もちゃんと小栗ちゃんは課長に謝りにいくべきだと思う」

「な、七っち～」

鬼吉が俺の肩で泣く。こっちは嘘偽《うそいつわ》りのない涙だ。思いっきりが泣くがいい親友よ。

「うわー、出た、男子の正論詰め。女の子には理屈じゃ割り切れないことがあるんだよ」

なかなか折れずに食い下がる奈央。てか、マジで完璧《かんぺき》に小栗ちゃんサイドに落ちてない？

「てかさ、ビワ一つ疑問なんだケド」

ここで、琵琶子先輩が少しだけトーンを下げて、話を切り出した。

「どうして、七のすけとおぐおぐが付き合ってるっていう誤解と、透花の異変が結びつくワケ？　オニキチが言ってた、おぐおぐは七のすけと透花の仲をかき乱したい、ってのもよくわかんないし。それじゃあ、まるで二人こそが付き合ってるカップルみたいじゃゃん」

「ま、まあ……そうなんですけど。もちろん俺と課長は付き合ってませんよ」

そういえば、一人だけ話が一段階ズレていたのか。

「なに言ってるの琵琶子ちゃん。そんなの七哉がカチョーのこと……」

「あーあー待って！　奈央！」

そして、本人の許可なく平気で俺の恋事情を他人に語ろうとする幼馴染み。

「なんだよ七哉。琵琶子ちゃんにだけ隠すのかー？」

「違う違う。その……俺から言うから」

確かに、ここまで来て琵琶子先輩だけ事情を知らないってのは、話が進まないし、もう、隠し通せるような場面でもないだろう。

でも、琵琶子先輩には……自分の口から言うべきだろう。

俺なりにこの人には感謝していることもたくさんある。そして、なにより、琵琶子先輩と出会ったとき、彼女は自分の口で、課長に対する思いのたけを俺に伝えてくれた。

だったら俺も、後輩として……友人として筋は通すべきだろう。

「琵琶子先輩――それは俺が上條透花さんのことを好きだからです」

「は⁉　そうなの、七のすけ⁉」

「……はい、黙っていてすみませんでした」

「いつからだよ！」

「琵琶子先輩と出会う前からです」

「はあ？　なにテメー、ビワの透花に色目使ってんだよ！」

うん、まあ、怒るベクトルがちょっと違うんだよなこの人は。

「いや、毎回思いますけど、琵琶子先輩の課長ではないかと」

「かーっ、ちょくちょく怪しいと思ってたケド、まさかアンタごときが透花を好きとはね。身の程を知れこの凡人が！」

「ねえ、酷くない？　この人、いくらなんでも口が悪すぎない？」

てか、キレすぎじゃない？

そんな琵琶子先輩の頭を、奈央が慰《なぐさ》めるように撫《な》でながら言う。

「まーまー、琵琶子ちゃん、落ち着いて。きっとおぐおぐも、そのことを知っちゃって、あんな嘘ついちゃったんだよね」

「嘘はついてません」

まだ言うかこの女子中学生は。

意固地になってる小栗ちゃんの横で、プンスカしていた琵琶子先輩はなにかに気付いたようで、さらに表情を一変する。

「ちょいまち、ちょいまち。七のすけが透花を好きなのは置いといたとして、それだけだと、透花がおかしくなった理由にならなくない……？」

「そりゃ琵琶子ちゃん、答えは簡単でしょう？」

「え、まさか、奈央ぽん？」

「うん、カチョーも七哉のことが好きだからだよ」

そっこうで琵琶子先輩がテーブルを叩《たた》く。

「異議あり！」

異議⁉

「どうぞ、琵琶子弁護士！」

奈央が悪ノリを始めた。

「確かに七のすけはビワ的にはオキニだし、普通の顔してる割に、そこらのやつよりはいい男だケド、透花に惚《ほ》れられるほど、男としての魅力はないと思うワケ！」

「異議を認めます！」

言っておくけど、数えただけで三つはツッコむ場所があるからな。あと、その理論だと俺に告白してくれた小栗ちゃんにも失礼だからな！

「しかし、琵琶子弁護士。そうだとして、カチョーがしてきた、ここ一ヶ月近くの奇行に説明はつきますか？」

「ぐぐぐ……反論できないってワケ……」

「そこまで！　判決、カチョーは七哉が好き、よって七哉を死刑に処す」

「裁判官やめちまえ！」

なんだそのガバガバ司法！　すぐ国家が破綻するわ！

「認めたくないケド……透花が本当に七のすけを好きならば、確かにオニキチの言う通り、おぐおぐは透花に直接謝りにいくべきだね」

琵琶子先輩は急に真剣な表情で言った。なんだかんだで、この人も真面目なのだ。

「おや……琵琶子ちゃんが大人の意見を下してしまったね。そうなった以上、わたしも、もうおぐおぐの味方はできないか」

なんか、よくわからんが結果的に男子側の勝利らしい。

「下野先輩は……」

場の意見がまとまりかけたところで、当事者の小栗ちゃんがゆっくり口を開いた。

「下野先輩は、本当にそうするべきだと思いますか？」

その瞳には不安の色が見える。

これは嘘ではないだろう。

「うん、行くべきだと思う」

「それは、下野先輩と上條課長が両思いであると、自身も認めるということですか？」

小栗ちゃんが課長をみんなの前で上條課長と呼んだ。呼び分けを忘れるほど、彼女の中で真剣に向き合いだしているという証拠だろう。

「両思いだとは思わないよ。でも……もう、俺も逃げたくはない。多分、俺たちは、二人してすれ違ってばかりの片思い同士なんだと思う」

「両片思いとでも言いたいんですか？」

「まあ……そうだね、今風で言うと両片思いってやつかな。だから、小栗ちゃんも逃げないでほしい」

「今風って、この時代には両片思いなんて浸透してないし、十一年後でもただの造語ですからね、それ」

俺にだけ聞こえる声で小栗ちゃんは言った。

そして、みんなに向けて、

「はいはい、わかりました。行ってきますよ。上條先輩のところに」

不貞腐《ふてくさ》れた様子を見せながらも、彼女はテーブルを離れる。

その足が、少しだけ震えていたことを、俺はちゃんと見ていた。

◆

俺たちがいたメインフロアを出て右に曲がり、長い廊下を突き当たりまで歩くと、小洒落《こじゃれ》たオープンテラスが見える。ガラス張りのドアを押して外に出るとひんやりと冬の空気が肌にしみた。

受付に預けているコートを持ってくればよかった。俺は口から吐いた白い息で手を温めながら、オープンテラスに建っている柱の陰に身を潜《ひそ》める。

結局、小栗ちゃんの様子が気になってコッソリと一人で付いてきてしまった。

テラスの奥には、設置されたベンチに座った課長。そして先ほど来たばかりの小栗ちゃんが、その前に立っている。

二人のいる位置とは少し距離があるけれど、会話の内容が聞こえないほどでもない。

俺は耳を澄ませてその動向を見守った。

「う……右色さん、なにか用？」

課長は突然現れた小栗ちゃんに、戸惑いを見せている。かなり動揺している様子だが、一方で小栗ちゃんは無表情のまま、なにも言わずに立っているだけだ。

小栗ちゃんなりに決心を固めているのだろうか。

そんな小栗ちゃんに課長は弱々しく、

「か、会場に戻りましょうか。みんな待ってるだろうし、ここ冷えるでしょう?」

「いえ、けっこうです」

即答だった。ちょっと怖いよ小栗ちゃん。君、謝りにきたんだよね?

「そう……」

めちゃくちゃしょぼくれちゃったよ課長。かわいそうだよ。

「上條課長、それ、かまってちゃんですよね?」

ねぇ、君、謝りにきたんだよね⁉

「かまってちゃん……って、なに?」

だよね、課長はそんな単語知らないのよ！

「そうやって落ち込んだふりして、下野先輩の気を引こうとしてるんでしょ？　聞きましたよ、学校でもおかしなふりしてるって。それも全部かまってちゃんなんでしょう?」

すごいことをストレートに言うな。完全にこの子、謝る気なんてさらさらないな。

「確かに……そうかもしれないわ。ごめんなさいね、私、かまってちゃんをして、二人の仲を邪魔しちゃってるかしら」

「はい、すごい邪魔です。上條課長は黙っていてもモテるくせに、下野先輩にまで色目使わないでください。決着はもうついたんです。あなたは負けたんですよ！」

よし、出ていこう。こんな調子じゃ二人の和解は無理だ。小栗ちゃんはまだ課長に対しての感情を割り切れていない。もちろん俺にそのことをどうこう言う権利がないことはわかっている。だけど、このままじゃ、互いに傷付くだけだ。俺が間に入って、まずは課長の誤解をとこう。

俺が一歩足を出そうとしたときに、課長の声が響いた。それは今までの弱々しい口調とは違って、言葉に若干《じゃっかん》、生気がともっている。

「あなたは、本当に七哉くんが好きなの？」

「はあ？　どういう意味ですか？　好きに決まってるじゃないですか。今もすごい幸せなんです。下野先輩と二度目の青春をすごせて、とても幸せ。だからあなたに邪魔なんてされたくないんです」

「そう、あなたが本当に七哉くんを好きで、本心から幸せと思っているなら。それなら、いいわ」

「そうですよ、神様がこのチャンスをくれたんです。タイムリープという形で。だから、私は、今、心の底から幸せなんですよ」

「じゃあ、どうしてそんな辛《つら》そうな顔をしてるの?」

課長がうつむいていた顔を上げ、まっすぐに小栗ちゃんを見て言った。

その視線に、小栗ちゃんは一歩下がり、すぐに顔を下に向けた。まるで、昔の小栗ちゃんのように。

「は、はあー? なに言ってるかさっぱりで理解ができないですね。二度目の青春をすごせて、なにもかも上手くいっているのに、辛いことなんてあるわけないじゃないですか」

「あなたが私を恋敵《こいがたき》として好きになれない気持ちはわかるわ。確かに、せっかく七哉くんとお付き合いできたのに、いつまでも私がかまってちゃん……? していたら、いい気がしないものね」

「そ、そうですよ……ちゃんとわかってるじゃないですか。私は……私はあなたが鬱陶《うっとう》しくて、邪魔で、憎いんですよ!」

小栗ちゃんは語気を強める。

「でもね右色さん、私にはあなたが辛そうにみえるの。だって、あなたはそんな人を蔑《さげす》むような言葉を使う子じゃないはずでしょう?」

その言葉に、うつむいていた小栗ちゃんが視線を上げて、キッと課長を睨んだ。

「あなたに！　あなたなんかに、私のなにがわかるっていうんですか‼」

小栗ちゃんは顔を歪《ゆが》ませる。

その様子を課長はただ、見つめていた。

小栗ちゃんはそんな課長に当てつけるように続ける。

「うちの会社でね、上條課長のことを知らない人間なんていないんですよ。同じ会社の事務員である私の名前すら憶《おぼ》えていない連中でも、あなたのことは知っている。うちの会社だけじゃありませんよ。あのビルに入っている会社の人間なら、誰もがみんなあなたの名前を知っている。そんな、あなたは、十一年後のあの時代で、私が同じビルで働いていたことを知っていましたか？」

「ごめんなさい、知らなかったわ」

「でしょうね。まあ、別にいいんですよ。いくら同じビルだとはいえ、普通、他の会社の社員なんて取引先でもない限り、面識なんてあるわけないんですから。私みたいな目立ちもしない平凡な平社員なら、なおさらですよ。でもね、私だって……あなたのような、かっこよくて、仕事もできて、人望もある人とは、かけ離れた生活を送っているただの平凡な人間の私だって……必死に生きているんですよ。必死に恋だってしているんですよ。そんな私の恋をあなたなんかに邪魔されたくない。あまつさえ、私の存在すら知らなかった住む世界の違う人間に、誰からも愛される恵まれた人間に、私のことをわかったような、口を叩かれる筋合いなんて、ない!!」

声が震えていた。怒りなのか、悔《くや》しさなのか、小栗ちゃんの声は震えていた。

俺は、そんな小栗ちゃんの気持ちが、わかってしまった。

平凡な人生をすごしてきた人間として、苦しいほどに共感してしまった。

それは言い訳なのかもしれない。八つ当たりなのかもしれない。逃げているだけなのかもしれない。

でも、苦しいことだけは、紛《まぎ》れもない事実なのだ。

眩《まぶ》しくて、輝《かがや》いたものと自分を、嫌でも比べてしまいそうになったとき、平凡という、都合のいい言葉が、俺たちにとっては唯一の逃げ場なのだ。俺たちだけに理解できる感情なのだ。

だから、それすら、輝かしい人たちに理解されてしまったら。逃げ場を奪い取られてしまったら、俺たちは心を休めることができない。

逃げ場があるからこそ、頑張れることだってある。

せめて、そんな逃げ場くらいは、守りたいのだ。

彼女の言っていることは弱音《よわね》だ。強い人にとったら、弱音に聞こえるはずだ。

しかし、彼女にとっては叫びなのだ。

その叫びを聞いて、課長の表情が変わった。

ここ一ヶ月近く、見せてこなかった表情。

本来の、上條透花が持つ表情。

変わったではなく、戻ったというほうが正しいかもしれない。


「あなた、なにか勘違いしていない？」


厳しい女上司の顔だ。

「な……っ」

鋭い鷹《たか》のような目に、小栗ちゃんはたじろいだ様子を見せる。

「謝りなさい」

課長はベンチから腰を上げ、凛《りん》とした姿で小栗ちゃんの前に立った。

「あ、謝る……？　私がですか？　ああ、そうですか、なんだなんだ。そりゃそうですよね。聡明《そうめい》な上條課長のことですもの、私が下野先輩と付き合っているだなんてホラ話、すぐに見破っていたってことですね。それなのにおかしくなったフリなんてして、したたかですね。その上、相手の悪行はしっかりと咎《とが》める。仕事のできる人は違いますね。わかりましたよ、謝ればいいんでしょう。嘘ついていてすみませんでした、上條課長。これでいいですか？」

「そう……、あの話は嘘だったのね。でもね、そんなことじゃないのよ。私は、謝りなさいと言ったの」

「だから謝ったじゃないですか。なんなんですか」

「私に謝ってどうするのよ。私はね右色さん……自分に謝りなさいって言っているの‼」

課長が怒った。

俺はわかる。

多分、課長は叱ったのではない。

怒ったのだ。

「右色さん、あなた言ったわね。私のなにがわかるんだって。ええ、わからないわ。残念ながら、あなたのすべてをわかると言えるまでには時間が短すぎる。そこまでの関係はまだ築けていない。だから私はあなたのことなどわからない」

「じゃあ、わかったようなこと言わないでくださいよ！　綺麗ごと言わないでくださいよ！　なにが、あなたはそんな人を蔑むような言葉を使う子じゃない、だ！　実際に今、こんなにも私はあなたに酷いことを言っている！　そういう人間なんですよ私は！」

「いいえ、違うわ」

「違くない！」

「私はあなたがどんな人間かはわからない。でも、あなたはあなた自身がどんな人間かは一番わかっているはずよ！」

「……っ！」

「苦しくて、辛くて、どうしようもなくて、だから、人に当たってしまって、それでもそんな自分が悲しくて、そんな自分を知っているから、だからあなたはそんなにも寂しそうに涙を流しているのでしょ！」

ボロボロと、大粒の涙が溢れだしている小栗ちゃんに、課長は怒っている。

「ぐ……わ、私は……っ」

「あなたのことはわからないし、あなたがみんなについていた嘘も気付けなかった。でもね、あなたがあなた自身についている嘘くらいは見破れるの。あなたが辛そうにしてることぐらい、顔を見ればわかるわ」

「上條課長……」

そして課長は、震える小栗ちゃんを抱きしめる。

「これでも、何人もの部下たちを見てきているの。管理職、なめないでちょうだい」

「ううう……うわあああああ」

小栗ちゃんは課長の胸に顔を埋め、子供のように声を上げた。

「私、頑張ったんです。ずっとずっと、頑張ってきたんです。なのに全然上手くいかなくて、なにやっても失敗ばかりで、どうして私はいつもこうなんだって、結局、人生やり直したところで、変わることなんてなんにもない！」

「確かに……二度目の学生生活を送っていても、そう簡単になにかを変えられるものじゃなかったわよね。特に……自分を変えることなんて、まったくもって無理難題。私が上司からそんな企画出されたら、データに基づくしっかりとした根拠を提示して、拒否してやるわ。リスクリターンが合ってないってね。……でもね、右色さん。私もあなたも、変わりたいと……変えてやろうと努力したこと自体は間違ってなかったんじゃないかしら」

「間違ってますよ……努力したって、結果が伴わなければ意味がない。それが社会ってものでしょう？　私は幾度となく、社会にそのことを思い知らされてきた。過程が大事だなんて綺麗ごとじゃ生きていけない。……そんなに、みんな、優しくない」

小栗ちゃんは絞るような声で、切実に、訴えるように、小さく言った。

「あなたの言っていることも正しいわ。世の中はそこまで個人に優しくない。優しい人ばかりじゃない。だから自分で自分を守るため、折り合いを付けなければいけない。それが大人になるということ。だけど私、気付いたの。子供に戻ったからこそ気付けたの。確かに優しい人ばかりじゃない。優しい人ばかりじゃないけれど、優しい人だっているんだって。私が自分自身を変えたいと努力したことを、見てくれている優しい人たちはいて、一度目の学生生活では深く知り合えなかった、その優しい人たちが、素敵なお友達になってくれたの。それって、意味がないこと？　変わりたいという目的は達成できなかった。目的は達成できなかったけれど、別の結果が生まれた。結果が伴うっていうのはね、目標達成に対してだけ

使う言葉じゃないのよ。あなたはタイムリープしてからずっと頑張ってきたと言ったわね。その頑張ってきたことは本当に意味がないことだった？　本当になんの結果も生まれなかった？」

「うう……」

「私と同じ、素敵なお友達ができたじゃない。本来は知り合うはずじゃない人と知り合うことができた。それはあなたが行動した結果でしょう？」

「ぐす……ううあああ……」

「だから、そんなふうに自分を責めちゃ駄目よ。自分を蔑んじゃだめ。あなたに優しくしてくれた人たちのように、ちゃんと、自分に優しくなりなさい、右色小栗さん」

「あああぁ……、ごめんなさい……上條課長……ごめんなさい」

「私のほうこそ、ごめんなさいね。あなたの辛さにすぐ気付いてあげられなくて」

俺はときたま、課長ってバカなのかなあと、思うことがある。

優しい人たちについての話を熱弁しているくせに、誰よりも優しいのはこの人なのだから。

綾花さん……あなたの娘さんは真面目で、臆病《おくびょう》で、繊細で、母親のあなたにとっては心配だらけのお子さんかもしれませんが……ちゃんと、あなたの意志を継いでいる、立派な大人に、尊敬できる上司に、なっていますよ。

しばらく泣き続けた小栗ちゃんは、少し落ち着いたのか、課長の胸から顔を上げて、一人で立った。

「上條課長は……下野先輩のこと好きなんですよね」

「ええ、好きよ。あなたがどれだけ七哉くんのことを想《おも》っていて、どれだけ辛い気持ちでいたのかはわかったわ。でも、私にも譲れないものがあるの」

「完璧超人の上條課長が敵なんて、ハナから私に勝ち目なかったたってことじゃないですか……もう」

「さっきから右色さん、私のことをえらく高評価してくれるけれど、少し買《か》い被《かぶ》りすぎじゃない？　私そんなたいそうな人間じゃないわよ」

「そんな綺麗な顔とモデルみたいスタイルしといてよく言いますね！」

「だ、だから、それが買い被ってるって言ってるのよ！　だいたいあなたのほうが女の子らしくてかわいいじゃない！」

「私はタイムリープしてきてから、社会人時代に培《つちか》った技術でかわいくなろうと努力したんですよ！　天然物と一緒にしないでください！」

「天然物って……そんなウナギみたいに！」

ええ……なんか、さっきまでいいムードだったのにケンカ始めたんですけどこの人たち。やっぱりそもそもが相性《あいしょう》悪いのかしら。犬猿の仲ってやつ？

「だいたい、一般人は二十八歳で課長職になんてなれないんですよ！　優秀な人でも係長がいいとこです！　あ、もしかして上条課長、実は何度もタイムリープしてて、人生十回目とかじゃないでしょうね⁉」

「そんな自由にタイムリープできてたら、こうやって悩んでないわよ！　私はあなたが思ってる以上に意気地なしでダメダメなのよ！　それでいて、ほら、あれよ、かまってちゃんなんでしょ⁉　あなたに言われてから、ようやくここ最近してきた自分の言動を客観視できて、今すごく恥ずかしくて死にたいくらいなんだから！　穴があったら入りたい気分よ！　いや、なくても掘るわ！　自分で穴掘って入るわ！」

「穴掘って埋まってます～、ってやつですか？　なんですか、この前のオフ会で左近司先輩がオタクの歌を予習してたことに反省して、自分もオタク文化に寄り添おうって魂胆ですか！　そういうとこが抜かりないんですよ！　あなたにこっち側まで来られると、もう私のアイデンティティがなくなるんです！　リア充《じゅう》とオタクのすみ分けくらいはしてくださ い！」

「言っていることが一つもわからなかったわよ！」

てか、俺もう戻ってもいいかな？　寒いんですけど。もう、指の感覚なくなってきてるんですけど。

「とにかく！　私は謝りましたし、もし今後あなたと下野先輩がくっつこうと、関係なく、邪魔しますからね！」

「なんかすごい宣戦布告された！」

「じゃあ、私もう戻りますから！　あ、一緒に戻ると仲直りして仲良しみたいに思われるので、上條課長は時間ずらして戻ってきてくださいよ。私ヤンキーみたいな拳《こぶし》で語って友情っての嫌いなんで」

「わ……わかりました」

結局、最終的には小栗ちゃんが優位に立つんだな。相性が悪いといっても、小栗ちゃんが炎タイプで、課長は氷タイプってとこか。そういえば、課長の主任時代は氷の主任だなんて呼ばれてたっけ。

そんな昔話を思い出していると、スタスタと小栗ちゃんが入り口のほうに歩いてきた。

やばい、先に出ないとバレる。といっても、時すでに遅し。やってきた小栗ちゃんが、柱に隠れている俺を見つけて、目が合った。

「……や、やあ」

「……乙女《おとめ》の会話を盗み聞きとは、変態ですね」

「すみません……」

「はあ……。私がちゃんと謝れるか偵察にでも来たんでしょ。本当、下野先輩はおせっかいですね」

「あはは、お見通しか」

「心配しなくても、ちゃんと謝れたでしょう？」

結果的にだけどね！　君、最初謝る気ゼロだったよね！

「下野先輩、聞いていたなら、もう全部隠さずに言いますけど、文化祭の日、上條課長が屋上に来なかった理由、あれは私が嘘をついたからです」

「……まあ、二人の話聞いて、なんとなく察しは付いたよ」

「本当はちゃんと上條課長、イチョウの木の下に来てたんですよ。恋愛成就《じょうじゅ》の噂にあやかって告白でもしようとしたんでしょうね。ああ、見えて意外とロマンチックなんですね、あの人」

そのイチョウの木の下で告白してくれた君が言うかね。

「下野先輩、これ」

そう言って、小栗ちゃんが俺に差し出したのは、先ほどプレゼントした、リングのネックレスだった。

「返します。本当は上條課長にあげたかったんでしょ？」

俺はそれを受け取って、ゆっくりと眺めた。

そして、もう一度小栗ちゃんの手に、ネックレスを渡した。

「これは、小栗ちゃんにあげたものだよ」

「え……でも……あげたというか私が勝手に奪い取っただけですし」

「事実、俺はこれを君か課長、どちらにあげるべきか悩んでいたからね。あげたも同然だよ」

「……」

小栗ちゃんは視線を落とし、ネックレスを見つめる。

「小栗ちゃん、改めて、俺は君の気持ちには応《こた》えられない。俺はやっぱり上條透花さんが好きだ。でも、タイムリープして、君と再会できてよかったと思ってる。元の時代で、ただ、社会人生活を送っているだけだったら、俺は能天気に出退勤を繰り返して、小栗ちゃんの存在にも気付かなかった。俺がどんなに幸せ者だったか、そのことに気付けなかった」

「それが普通ですよ……。大人になるって、そういうことなんだと思います」

「そうだね、俺もそう思うよ。だからこそ、学生時代に戻って、奈央や鬼吉に再会して、琵琶子先輩と出会って、課長と仲良くなれて……そして、君にまた、告白してもらって……大人ってのは、忘れちゃいけないものをたくさん忘れてるんだなって、知ることができたんだ」

「下野先輩……」

「小栗ちゃん、ありがとう」

俺は彼女に頭を下げた。

社会人時代、数え切れないほどに下げてきた、この頭。

そのどれもより、何倍もの長い時間、頭を下げ続けた。

かったから。

小栗ちゃんが精一杯、俺に気持ちを伝えてくれたくらいに、俺も彼女への感謝を伝えた
「もういいですよ、下野先輩。じゃあ、これは感謝の気持ちとして受け取っておきます」

そう言って彼女は俺からネックレスを再び受け取った。

どうやら俺たちは、なにをするにも、二回繰り返さないと気が済まないみたいだ。

「上條課長も、別の女にあげていたはずのプレゼントを渡されても嬉しくないでしょうしね」

「あはは、手厳しいなあ、小栗ちゃんは」

「私はもともとこんな性格なんで」

小栗ちゃんは赤くなった目のままいたずらに笑う。

「君に、この先もっともっと素敵な人が現れたら、そのリングに二人で名前を彫りにいけばいい」

「こういうギフトは受付期間とか決まってるんですよ。お店もそんなずっと待っててくれるわけないでしょう」

「ああ、そうなんだ……ごめん、俺そういうの疎《うと》くて」

「まったく……そんなんで大丈夫なんですか？　下野先輩、このあと上條課長に告白するつもりなんでしょ？」

「それもお見通しか」

「あたりまえです。逆にそんな不甲斐《ふがい》ない面を見せて振られてくれれば私は嬉しいんですけどね」

「ちょ、ちょっと……縁起でもないこと言わないでよ」

「ふん、言っときますけどね、別に私はあなたたちの間を応援するとまでは言ってませんからね。二人が付き合ったとしても、この先も邪魔してやるんだから」

なんて、言いながら小栗ちゃんは俺に背中を向けた。

「ありがとう、頑張るよ」

彼女は俺の言葉に応えぬまま、屋内に続くガラスの扉を開けて、会場に戻っていった。

そんな小栗ちゃんをガッカリさせないためにも、俺は男を見せなきゃいけない。

クリスマスイブ……シチュエーションとしては最高じゃないか。


さあ、今度こそ、上條透花に告白しよう。

第5章 下野七哉と上條透花

Why is my strict boss melted by me ?

「透花《とうか》ちゃんは偉いね」「透花ちゃんはお利口だね」「透花ちゃんはお行儀がいいね」

小さい頃《ころ》から褒《ほ》めてもらうことが多かった。本当は臆病《おくびょう》な私は、怒られることが嫌で、周りの機嫌を損《そこ》ねない行動ばかりを取っていただけなのに、それが不思議と評価に繫《つな》がっていた。

褒めてもらうことが嫌いな人間はいないだろう。

もちろん私だって例外ではなく、そのたびに嬉《うれ》しくなり、また褒められたいと思って、いろんな努力をした。特に頑張ったのは学業だ。

母親が美容師なのに、父親のほうに似たのか私は手先が不器用で、そちらの道には進めず、勉強を頑張った。おかげで、いい成績を出せるようになり、また褒められることが増えた。

褒められることは嬉しい。そうは言ったが、その反面、嬉しいと思っていることが周りに知られることがなんだか、かっこ悪い気がして、感情は出さないようにしていた。

そうしたら、あの子は謙遜《けんそん》ができて、いつも冷静なしっかりとした子だと、また新たな高評価をもらうようになった。

自分の駄目な部分を隠すことで評価を得る違和感に少し戸惑いながらも、努力をすること自体は別に悪いことではないと、その後も必死に、周りから見える利口な上條《かみじょう》透花を保ってきた。当たり前だが母親には全部見破られていたけれど。

人間というものは面白《おもしろ》いもので、自分が取ってきた行動が、そのまま結果となり人格を形成していくらしく、本質的な臆病で気の弱い内面は変わらなかったが、知識や経験から基づいた強い意志を持つ確固たる自己というものを手に入れたのは確かだ。兄から教えてもらったが、これがいわゆるセルフマネジメントというやつだ。人間の精神は一つのピースで完成されるわけではない。先天的な人格を土台にして、複数のピースを獲得し、一定の位置に固定される。それは常に変動し、グラグラと均衡を保てない時期も多々訪れるけれど、獲得したピースが多いほど、自信という名の器で、より安定させられるのだ。

だから、私は別に今の自分を卑下《ひげ》するつもりは毛頭《もうとう》ない。

不器用で、臆病で、気弱で、そんな自分が嫌になることもあるけれど、それでも今の自分を悔《く》やむほど、間違った人生は送ってきていないと自負できる。

それくらい、精一杯、生きてきた。

ただ、一点を除いて。

確かに私は多くのピースをこの人生で獲得してきた。

けれど、まったくと言っていいほど、手を出せていないジャンルのピースがある。

恋愛だ。

そのピースに私が一度も触れられていないのは当然の結果なのだ。

だってそのピースは別売りのパックで陳列されているのだから。

どれだけ他《ほか》のピースをかき集めても、別売りなのだから、まずそのパックを手に取らなきゃ、中に封入されているピースを触ることはできない。

もちろん陳列されていたことは知っている。

すぐ手に届く場所にあったのも理解している。

じゃあ、なぜそのパックに私は手を出さなかったのか。

何度も繰り返している通り、私は臆病だからだ。

人格を形成する土台となる部分は、ピースが重なるごとにだんだんと下位層に埋もれ、見えにくくなるけれど、ここが揺らぐと一気にピースは崩れる。

つまり、大人になるに連れて忘れがちになられる部分ではあるが、土壇場になったとき、どんなピースよりも影響力が強いのだ。

自分を変えるとはこの土台を変えること。

いかに自分を変えることが、難しいことなのかがわかるだろう。

言葉にするのは簡単でも、そう綺麗《きれい》に完遂《かんすい》できる人間は少ないはずだ。

あまつさえ、私みたいに、土台を隠すため、必要以上のピースで人格を安定させてしまった人間からしたら、まず最下層で埋もれている土台にたどり着いて、触れること自体が大仕事なのだ。

正直、土台の形を変えることはもう不可能に近い。ならば、せめて色だけでも変えようと、願ったのがこのタイムリープの発端。

しかし、『色だけでも』なんて甘く考えていたのが、悪かった。

まあ、上手《うま》くいかない、上手くいかない。

それもそのはず。

私は不器用なのだから。

不器用な人間が、綺麗な塗装作業なんて、できるわけないのだ。

どの色がいいのかな？　どこから塗ったらいいのかな？

こんな段階でつまずいている。

気付けば、もう半年の月日が経《た》っていた。

そんな戸惑いの中、私と、とても似ている土台をした子が現れた。

右色小栗《うしきおぐり》さんだ。

彼女は私と似ていて、どうやら、とても臆病らしい。

しかし、決定的に私と違うのは、恋愛のピースが入ったパックを手に取ったということだ。

一度目の中学生時代で七哉《ななや》くんに告白し、その恋が実らなくても、またやり直そうとタイムリープして、頑張ってきた。そう、本人から聞いた。

その期間は二年近くにも及《およ》ぶという。

半年で音《ね》を上げていた私が情けない。

彼女は泣きながら、私に、なにも変えられなかったと言った。

確かに私たちは自分の臆病さをそう簡単に変えられないのかもしれない。

それでも、彼女は私なんかよりも一歩も二歩も先で努力し続けてきた。

そんな右色さんを見て、私ってまだまだなんだと痛感した。

まあ、私も別売りの恋愛パックに手を伸ばそうとしたのに、そのパックには恋愛ピースは入ってませんよなんて嘘《うそ》をつかれて、彼女自身に邪魔をされた部分も事実あるといえばあるのだけれど、すぎたことをとやかくは言うまい。

結局、私たちは似た者同士。

だから同じ人を好きになった。

そして、臆病な私たちが、なぜ、同じ人を好きになったか、私にはわかっていた。

下野《しもの》七哉は、そんな臆病な私たちを認めてくれるからだ。

周りから、カッコイイ、仕事ができる、頭がいい、そうやって褒められることで、真の部分、つまり土台となる本当の私を、私自身が駄目なものだと認識していたのに。隠そうと必死だったのに。

彼だけはなぜか、そんな部分を見抜いて、それごと、認めてくれるのだ。

こんな厳しくて、怖い女を、何度も助けてくれ、守ってくれるのだ。

まるで自分をお姫様みたいに。

そんな王子に出会って恋をしない乙女《おとめ》がいようか。

こう分析してみると、私と右色さんは、とんだチョロお姫様だったんだな。

まあ、いいじゃないか。

一度きりの人生。

一度きりの人生だったはずの二度の人生。

恋愛ピースが入ったお姫様パックに、手を出したって誰《だれ》も責めやしない。

私はようやく、その勇気を手に入れたようだ。

多分、右色さんが二年かけて必死に塗り直した土台を見て、私もそうしたいと思えたのだろう。

彼女に勇気をもらった。

だから、上條透花はお姫様らしくかわいいピンク色に土台を塗り替えて、初めての恋愛ピースを埋め込みます。

クリスマスイブの寒空の下、私はオープンテラスのベンチに腰をかけて、スマホを取り出した。

今から七哉くんを呼び出そう。

ここ一ヶ月の暴走していたことも謝らなければ。

逃げ回ったあげく、嫌いだなんて言ったんだもんな。

確かに右色さんの言う通り、駄々《だだ》をこねて気を引きたい幼稚園児のようだった。かまってちゃんだっけか。正直、ビンゴだって何度かやったことあるのに、知らないふりしたら七哉くんがいつもみたいにツッコんでくれたりすると思ってやっていた。

今、考えるとめちゃくちゃ恥ずかしいことしてるな。

あー、やっぱ電話かけるのやめようかな！

やばい、すごく恥ずかしくなってきた！

うん、やめよう！

知らない！

精神の土台とか人格とかなんとか、お兄ちゃんの心理学みたいなこと言ってたけど知らない！

やめだやめ！

関係ないわ！

臆病でいいわ！

恥ずかしいもんは恥ずかしい！

これが上條透花なんだよ！

知らない知らない知らない！

知らない……けど、それじゃあ右色さんに面目が立たないからとりあえず、目つむって、通話ボタンだけ押そう！

私は電話帳で七哉くんの番号を開いたまま、両目を閉じ、通話のマークがあった辺りをタップした。

あとは、もう知らない。

出たら出たで、そのとき考えよう。

そう思ったところで、テラスの出入口辺りから、ピリリリと携帯の着信音が鳴る。

静かだったテラスに突然の電子音が鳴り、つい体を跳ね上がらせてしまった私は、ビクビクしながら、その音の先を見る。

すると、柱の奥から、スーツを来た男子が姿を現した。

こいつぅ……いつからいたんだよぉ……。

下野七哉がそこにいた。

「え、えへへ」

照れくさそうに笑いながらこちらを見ていた。

私はスマホの画面を見て、通話を切る。

見事に、鳴り響いていた着信音が止《や》んだ。

こいつぅ……。

なにはともあれ、クリスマスイブの夜。

下野七哉と上條透花は対峙《たいじ》する。

◆

小栗ちゃんが会場のほうへ戻ってから、すぐ、内ポケットに入れていた携帯電話が鳴る。

ジャケットの隙間《すきま》からすり抜ける着信音が、冷たい空気を伝って、暗い夜に響いた。

「やべっ」

確実に奥のベンチで腰をかけている課長の耳まで届いたはずだ。

すぐに携帯を開いて相手を確認する。

課長だった。

ゆっくりと柱から片目だけ出して、課長を見ると、案の定スマホを握っていた。てか、目つむってる。なんで？

その課長の目が開き、こちらのほうへ視線を移す。まあ、音源をたどればそうなるよね。

しかたない。

「え、えへへ」

俺《おれ》はバカみたいな愛想《あいそ》笑いをしながら柱から身を出した。

俺の姿を確認した課長がスマホをタップする。鳴り止んだ携帯を再び内ポケットに戻し、俺はゆっくりと課長の元へと歩いた。

「あ、あの……ここ、いいですか？」

「……どうぞ」

課長が座っている長いベンチの反対側を指さして俺が言う。

ちょうど人が一人座れる分のスペースを空《あ》けて、俺と課長は、ベンチの両端に座り、前を見る。

しばらくの沈黙があったあと、初めに口を開いたのは課長だった。

「いつからいたの？」

俺はどう答えるか少し悩んでから、正直に回答することにした。

「小栗ちゃんがここに来たときからです」

「そう……」

怒られることを覚悟の上だったが、返事はあっけないものだった。

「小栗ちゃんがみんなに俺と付き合っているだなんて嘘をついていたみたいで、加えてそのことを俺が知らなくて、なんだかややこしいことになってしまいました。すみませんでした……。先ほどみんなの誤解がとけたので、小栗ちゃんに自分から課長に謝るよう伝えたんですが……少し気になってしまって、結果、ここにいます」

「七哉くんらしいわね」

「すみません」

いつもみたいに、俺は課長に謝る。だけど、いつもと違って、彼女の顔は直接見られない。

「私のほうこそ、この間は、逃げ回ったあげくに、酷《ひど》いことを言ってしまって、ごめんなさい」

「いえいえ、あのときの課長は混乱されていたの、わかっていますから」

「混乱していても自分の意志よ。私、かまってちゃんなのよ。さっきの話で、右色さんが言っていたでしょう?」

「いや、かまってちゃんという言い方が適切かどうかはわかりませんが……」

「いいのよ、気を使わなくて。右色さんの説明を聞いて、すごいしっくりきたもの」

「あはは……」

これは課長なりの自虐的なジョークなのだろうか。顔が見られないからわからない。

「一つだけ……聞いてもいいかしら?」

「はい」

「文化祭の日……イチョウの木の下に来てくれなかったのは、なぜ?」

ああ、そうか。課長の中では俺が約束をすっぽかしたことになってるのか。小栗ちゃんを悪者にするようで申し訳ないけれど、ここは真実を伝えさせてもらおう。

「小栗ちゃんに、課長は屋上で待っていると言われたんです。それで屋上に行ってました」

「ああ、なるほど、それで……。あはは、あの子、本当にいろんな策略を練って頑張っていたのね。ちょっと感心するレベルね」

「まあ、頑張ってくれたのは嬉しいですけど、人の恋路を邪魔する策略を練るのはあまり褒められたことじゃないと思いますよ」

「……こ、恋路ね」

ああ、しまった。自然と言葉にしてしまったが、俺は今、どんなスタンスを取ればいいのだろうか。さっきの二人がしていた話を聞いている以上、俺が課長の気持ちを知ってしまったというのは、本人も理解しているはずだ。

逆に課長はどうなんだろう。俺が課長のことを好きだと気付いているのだろうか。

いや、確信はしていなくても、大方わかっているだろう。

なんだかんだ俺たちは、互いに好意を寄せ合っていることに、薄々、勘付きながらも、そんなわけあるまいと、信じきれずにいた。それがここまですれ違いを起こし、小栗ちゃんを挟むことで、さらにややこしいことになったのだ。しかし、もう、この状況までできたら、いくら恋愛下手な俺たちでも、さすがに察しが付く。

むしろ、これでもまだ、お互いの気持ちに目を背《そむ》けるだなんてことをしていたら、それこそ、小栗ちゃんに失礼だ。

俺だけじゃない。

俺たちは、変わらないといけない。

いつまでも、こんな曖昧《あいまい》な関係を続けるべきじゃない。

「あの日……、六月、二人で飲みに行った日……覚えていますか？」

「もちろん、覚えているわよ」

俺たちのタイムリープはあの日から始まった。

二人で訪れた神社。

小栗ちゃんがタイムリープしたキッカケも、見知らぬ神社が目の前に現れたことだという。

その神社で俺はあることを願った。

「あのとき、課長と拝殿に並んだとき、俺はこんな願いをしました」

「……」

「もし、彼女との出会いをやり直せたなら、横に立つことがふさわしい男となれるよう頑張りたい……と」

「彼女って、憧《あこが》れの人のこと？」

「はい」

「そう……」

「俺、本当は一度目の高校時代から課長のこと知っていたんです。生徒会選挙の日から、ずっと、課長に憧れていて、社会人になって再会してからも、ずっとずっとその感情は変わらなかった」

俺はベンチから立ち上がって、課長の前まで足を運んだ。

そして彼女の顔をまっすぐに見て言った。


「上條透花さん、俺の憧れの人はあなたです」


課長も俺の視線にまっすぐ応《こた》えてくれた。

テラスの照明が彼女の瞳《ひとみ》に反射する。

その輝《かがや》く瞳を見つめながら俺は続ける。

「でも、今は憧れの人ではありません」

「え……」

「もう、憧れの人なんかじゃない」

「……七哉くん」

「だって、俺の目の前には透花さんがいる。高校時代にずっと憧れていた先輩じゃない。厳しくて、尊敬できて、高嶺《たかね》の花で、手の届かないところにいたと思っていた上司の課長でもない。俺の目には、この半年間、一緒に楽しく青春時代をすごしてきたあなたが、確かにいるんです。横に立つのがふさわしいとか、釣り合いがとれるような男になるとか、もう、そんなのどうだっていい。俺は、ただ、ただ、あなたのことが大好きなんです。透花さんは、いつの日か、青春がしたいからタイムリープしてきたと言いましたよね。ならば、俺はこう言います。俺と……俺と二度目の青春してください！」

俺は精一杯、自分の気持ちをぶつけて、震える右手を透花さんの前に差し出した。

この手を彼女が握り返してくれる保証はどこにもない。

だけど、それでもいい。

好きな人に好きだと伝えられぬまま終わる青春。

そんな後悔は一度で十分だ。

悔いは残さない。

そのために、俺は、このやり直し高校生活を送っているのだから。

「下野七哉くん」

彼女が俺の名前を呼んで立ち上がった。

「あなたは一つ、とんでもないことを忘れているわ」

「と、とんでもないこと……？」

透花さんは真剣な目で言う。その表情は、なにを思っているのか、まったく読めない。

「奈央《なお》ちゃんが出たこの時代での生徒会選挙、その翌日のことよ。私はね、しっかりと口に出して言ったの。あなたも聞いていたはずよ。だけど、バカみたいに頭ぶつけて覚えていなかったの。忘れてしまったの」

……あれ、なんか怒ってる？

「私はとっくの前からあなたに伝えているわ。ずーとずっと、思っていたことを、あなたに伝えているの！」

透花さんはいつもみたいに鷹《たか》のような目で俺を睨《にら》む。

彼女が俺の右手を握り返してくれることはなかった。

そんなこと、当然だ。

なぜなら——。

「私は大好きな七哉くんと二人だけの青春をやり直したいの！」

俺の右手なんてすっぽかして、体ごと抱きしめてくれたからだ。

「か、課長、苦しいです」

「もう！　こういうときまで課長って言うな！」

「すみません……」

抱きしめた彼女の顔は見えないけれど、とっても綺麗な笑顔なんだということは見なくてもわかる。

「あ、でも訂正することがあるわ」

「訂正……!? 開始十秒で俺振られるとか!?」

「バカじゃないの……まったく。二人だけの青春じゃなくて、みんなとの青春を送りたいの……」

「……もちろんですよ。奈央も鬼吉《おにきち》も、琵琶子《びわこ》先輩も小栗ちゃんも」

「うん……。みんなと、この二度目の青春を楽しみましょう」

「はい、透花さん」

「ちょ、ちょっと、名前で呼ばれると恥ずかしいんだけど」

「もう、どっちなんですか！」

「あはは」

俺は透花さんの肩に手を添えて、ゆっくりとその表情を確かめた。

彼女には夜がよく似合う。

俺たちはどちらから言うでもなく、不思議と同時に夜空を見上げた。

透花さんが小さくつぶやく。

「雪……」

「はい……」

「降らないわね」


「ですね！」

「天気予報で今晩降るって言ってたわよね！」

「はい、俺も鬼吉から聞きました！　予報では今夜、ホワイトクリスマスになるって！」

「今この感じで雪降ってきたら最高に素敵よね！」

「一生、忘れられない思い出になるはずです！」

「めちゃくちゃ晴れてるじゃない！」

「むしろ月が煌々《こうこう》と輝いてますよ！」

「本当、いつもいつも、ここぞというときにいい加減な神様ね！　じゃあ、あれ言いなさいよ。もう、代わりにあれ言いなさいよ」

「あれ？　あれってなんですか？」

「ほら、月が輝いてるんでしょ？」

「……ああ、なるほど。くさくないですか？」

「くさくないわよ！」

「本当に透花さんて乙女ですよね」

「乙女って言うな！」

「月が綺麗ですね」

「もっと、溜《た》めて言いなさいよ！」

「注文が多いなあ」

「それだと作家が変わっちゃってるじゃないの！」

二人きりのいいムードでこんな言い合いしてるの俺たちだけだろうな。

「あはは」

「なに笑ってるのよ」

「やっぱり透花さんと一緒にいるのが一番楽しいや」

「……っ！　あなたって本当天然ジゴロよね」

「え？　言われたことないですけど」

「自覚ないところが怖いわ。そうやっていろんな女子をキュンとさせて浮気《うわき》したら許さないからね」

「怖い……。厳しい女上司な面は変わらないか」

「なんですって？」

「ひえ、すみません」

なんて会話を続けても、やっぱり雪は降ってこない。

「現実はドラマみたいに上手くいかないのね」

「まあ、あくまで予報ですからね。世の中、なにが起こるかわからないことばかりですよ」

「未来は未知か……」

「タイムリープしたてのときも、そんな話しましたね」

「そうだっけ？」

「そうですよ」

どんなに科学の技術が進歩して、頭のいい人たちがたくさん集まっても、完全に未来を予見することは難しい。

タイムリープなんてチートを使っても、起こる歴史はすべてが一度目と同じとは限らない。

だから人生は面白いのかもしれない。

だから、俺は世界で一番、大切な人と結ばれることができたのかもしれない。

未来は自分たちの手でつかみ取るものだと、あの神社はそれを教えてくれたのだろう。

「行きましょうか、透花さん」

だから、俺はこの手を差し出す。

「うん、七哉くん」

そして彼女はこの手を取る。

そして歩みだすのだ。
部下と上司としてではなく。
下野七哉と上條透花として。

第6章 高校生たちの青春

Why is my strict boss melted by me?

クリスマスから一週間が経《た》ち、お正月を迎えた一月三日の朝。

洗面所で髪の毛をセットしていると、歯磨《はみが》きをしにきた妹の小冬《こふゆ》が、不機嫌そうな顔で鏡越しに俺《おれ》を見た。

「また、かちょうとデート？」

「デートっていうか、初詣《はつもうで》だよ」

「大晦日《おおみそか》も二人で出かけてたじゃん」

「あれは一緒にお蕎麦《そば》食べただけ。すぐ帰ってきただろ？」

「初詣なら小冬も一緒に行っていいよね」

「いや、おまえ今日、小栗《おぐり》ちゃんと遊ぶ約束してんだろ」

「そうだけど……」

「俺のデートを邪魔するのと、師匠どっちを取るんだ？」

「あ、デートって言った！」

「ほら、選べ」

「ぐう……師匠を取る」

　こいつの小栗ちゃん好きは筋金入りだからな。

　まあ、兄としては親しい友人が増えること自体は嬉《うれ》しいけれど、なんでも小冬のＳ気質を十年以上も早く目覚めさせたのは小栗ちゃんだというじゃないか。なにをしたらそんなことになるのかは不明だが、目覚めさせた以上は責任持って小冬のお守《も》りをしてもらわなければ困る。頼んだぞ、小栗ちゃん。

　そんなことを思っていると、玄関のほうからチャイムが鳴った。

「やばい、もう時間か」

　俺は急いで手に付いたワックスを洗い流し、リビングのインターフォンを取る。

「はい！」

『上條《かみじょう》です』

「透花《とうか》さん、今出ます！」

　俺はすぐに自分の部屋に戻り、紫色のダウンジャケットを羽織《はお》ってから、ドタドタと玄関へ向かう。

「七哉《ななや》うるさい！」

　リビングにいた母親から注意が入る。

「ごめん！　初詣行ってくる」

「なにー？　また、透花ちゃんと？　ラブラブねー」

「う、うるさいな」

「遅くならないようにねー」

「はいよー、行ってきます！」

リビングに向かって声を張り上げたのち、急いでスニーカーを履《は》き、そのまま玄関を出た。

外に出ると冷たい透き通った空気の中に、明るい太陽の光が差し込んでいた。

「お待たせしました」

そのすっきりとした晴れ空の下、綺麗《きれい》な振袖姿《ふりそですがた》の透花さんが待っていた。

「そんな慌《あわ》てなくてもいいのに」

「いえいえ、課長を待たせるわけには」

「あ、また課長って言う」

「ああ、すみません、透花さんを待たせるわけにはいかないので」

「もう、その部下気質はいつまで経っても抜けないのね」

「えへへ」

俺は玄関の扉を閉めて、透花さんの横に並ぶ。

「透花さん、振袖綺麗ですよ」

「はいはい、まったく、またすぐそういうこと言うんだから。誰《だれ》にでも言うんでしょ」

「な！　透花さんだけにしか言いませんよ！」

「本当に？」

「本当です！」

「えへへ、ありがと」

かわいい！

かわいい！　かわいい！　かわいい！

「七哉くん、手が寂《さび》しいんだけど」

「ど、どうぞ」

俺がそっと右手を出すと、透花さんは跳ねながら、柔らかな手を重ねた。

「もう、なに照れてんのよ」

かわいい！

「と、透花さんは照れないんですか」

「ちょっと、照れる。えへへ」

かわいい！　かわいい！　かわいい！

ああ、これが夢にまで見た透花さんとのデート。

夢にまで見た俺の彼女。

くそー！

幸せだー！

「なんか苦しそうな顔してるけど、どうしたの？」

「いや、幸せすぎて、それを噛《か》みしめるために歯を食いしばっているだけです」

「本当……あなたって人は」

朝から最高な気分を味わいながら、俺たちが向かったのは地元で有名な大きなお寺だ。

お寺に着くと、さすがに三が日ということもあって、たくさんの参拝客で溢《あふ》れていた。

「すごい人ね」

「そうですね」

まだ十時すぎだというのに、門から本堂まで既に長い列ができている。

「先におみくじ引きましょうか」

「いいですね。大吉出るかなあ」

「付き合って間もないのに凶なんて出したら、私が疫病神《やくびょうがみ》みたいになるから勘弁してよね」

「が、頑張ります！」

俺たちは門を抜けてすぐ右に建てられている授与所に向かい、一つ百円のおみくじを二人で購入する。

受付の人から引いたくじを受け取り、俺は一度、透花さんを見た。

「あ、大吉だったわ」

「いや、開けるの早！」

「え、駄目だった？」

「駄目じゃないけど、こういうのは開けるまでの時間も楽しみの一つでしょうに！」

「まーまー、別にいいじゃないの」

「さりげなく大吉引いてるし」

上條透花、自動販売機号泣事件で失っていたはずのツキはいつの間にか戻っていたらしい。

まったく、どんなヒキしてるんだよ、この人は。

「はい、次は七哉くんね。はよ開けて、ほらほら、はよはよ」

「なんなんですかそのキャラ。俺には俺のタイミングがあるんですよ」

「御託はいいからはよはよ」

なんかムカつくな！

「じゃあ、開けますよ」

はらりと、持っていたくじを開く。

そこに記《しる》されていたのは……。

『末吉』

「七哉くんらしいわね」

「それどういうこと！　言い方が冷たい！」

「いいじゃない末吉。凶じゃないんだから」

「そうだけど！　なんか大吉のマウントを感じる！　クジハラですよ！」

「あなたはすぐそうやって、なんでもハラスメントって言うんだから」

「課長にはハラスメントを受ける部下の気持ちがわからないんですよ」

「はいカチョハラー！」

「カチョハラ⁉」

「彼女に向かって課長って呼ぶ無神経な男がする行動のことを言います」

「課長……いや、透花さん、もう一回、今の言ってくれませんか」

「え……？　カチョハラ？」

「違います！　そのあとの説明！」

「彼女に向かって課長って呼ぶ無神経な男がする行動のことを言います……。これでいい？」

「にへへへへ」

「な、なにニヤニヤしてるの⁉」

「彼女……透花さんが、俺の彼女」

「そんなところに喜んでたの⁉　バ、バカじゃないの！」

透花さんが、俺の肩をポンポンと猫みたいにパンチする。

俺の彼女の透花さんがね！

「おみくじも引いたことだし、そろそろ参拝しますか」

「そうね、行きましょう」

俺と透花さんはそのまま本堂に続く列へと並んだ。先ほどよりかは若干《じゃっかん》すいてきたようだ。

並んでる途中、ふと透花さんが言う。

「七哉くんはどんなことお願いするの？」

「うーん、そうですね、今年もいい年になりますように、ですかね」

「すごいわ、感心するレベルで中身がない」

「別にいいじゃないですか！」

「いいわけないでしょ。目標は具体的に立てなさいって、いつも言ってるじゃない」

「仕事じゃないんだから、緩《ゆる》く見てくださいよ。そういう透花さんは具体的な今年の抱負とかあるんですか？」

「もちろん、ちゃーんとあるわよ」

「教えてください」

「えー、どうしよっかなあ」

ゆっくりと進む列の中、透花さんがいたずらに笑う。

「減るもんじゃないし、上司の抱負を聞くことで触発されて、モチベーションが上がる部下もいるんです」

「じゃあ、この人混みの中、はぐれないように、私の手をしっかりと握ってくれる男子には教えてしんぜよー」

「わかりました。俺がちゃんと透花さんの手を離さないように握りますよ」

俺と透花さんは互いに笑顔を向ける。

そして手を重ね……。

「はー！　すごい人ですねーまったく！　困った困った！　こんなに人が多いってのに、公衆の面前でイチャイチャするカップルなんていたらさらに困った困った！　あ、すみません、なんかお二人の手が私の両手にぶつかってるんですけど、どけてくれます？」

俺たちの間に、小柄なボブカットの少女が割って入った。

「……小栗ちゃぁん」

「あ！　下野《しもの》先輩、奇遇ですね！　あらあら、こちらには上條先輩も。偶然ってあるんですね。どうしたんですか二人して手をぶらぶらと」

小栗ちゃんがわざとらしく、握り損《そこ》ねた俺たちの手を交互に見る。

小栗ちゃんがここにいるってことは……。

「あ、お兄ちゃん！　奇遇だね！　なになに？　小冬と手繋《つな》ぎたいの？　もー、しょーがないなあ」

背後から現れた小冬がすかさず空《あ》いた俺の手を取る。

俺と透花さんがここに来ているという情報を小栗ちゃんに漏《も》らしたのはこいつか。

しかし、お邪魔虫は彼女たちだけではなかったようで、

「あれー？　透花じゃーん奇遇なんだケド！　どうしたの、手が寂しそうじゃん？　ビワが握ってあげる！」

正月の晴れやかさに負けないくらい派手な格好をしたカリスマギャルさんまでもが現れた。

「び、琵琶子《びわこ》、なんでここに？」

戸惑いを見せる透花さんに、琵琶子先輩は小栗ちゃんの肩を抱えながら答える。

「どうしてって、おぐおぐと一緒に初詣来ただけだケド？　ねー、おぐおぐ！」

それに応《こた》えるよう、小栗ちゃんも琵琶子先輩の肩を抱き。

「はいー左近司《さこんじ》先輩！　私たち仲良しですもんねー！　たまたま小冬ちゃんと左近司先輩と初詣来たら、たまたまお二人がいただけですよー」

おいおい、こいつら、いつからこんな仲良くなったんだよ。特に小栗ちゃんは琵琶子先輩のこと敬遠してたろ。

「透花ー、七のすけなんかと参拝してないで、ビワと一緒に下でやってる屋台行こー」

「下野先輩ー、上條先輩と参拝なんてやめて、小冬ちゃんと一緒にご飯でも食べに行きましょうよー」

「そうだそうだー！　小冬お腹空《なかす》いたー！」

つまるところ、利害関係が一致して、同盟でも組んだのだろう。この先も邪魔してやるなんて言っていたけれど、まさかこのスピードで有言実行してくるとはな。

下野上條カップルを邪魔し隊に、二人の仲をかき乱されていると、その保護者たちがようやく顔を出してくれた。

「あーいたいた！　こらー、琵琶子ちゃんにおぐおぐ！　カチョーたちのデートを邪魔するんじゃないよー！」

やっぱり頼るべき存在は幼馴染《おさななじ》みだ。

「げ、奈央《なお》ぽん、ちゃんとまいたはずなのに、意外と足速いな」

正月から後輩まくとか、とんだ先輩だなこの人は！

「ウェーイウェーイ！　なんだみんな勢ぞろいだな、ヒュイおめ！」

彼の言う通り、結局みんな揃《そろ》ってしまった。

「おう、鬼吉《おにきち》、あけおめ」

そんな姿を見て、クスクスと楽しそうに透花さんが笑った。

「そういえば、まだみんなに新年の挨拶《あいさつ》してなかったわね。みなさん、あけましておめでとうございます」

透花さんが言うとみんなも一斉に新年の挨拶をかわした。

ひと段落着いたところで、奈央が口を開く。

「もー、琵琶子ちゃんとおぐおぐは往生際《ぎわ》が悪いんだから」

「えー、だって二人で抜け駆けとかずるくない？　透花は七のすけだけのものじゃないんだケド」

「左近司先輩の言う通りですよ。二人ともまだ、高、校、生、なんだから、健全にみんなで遊ぶべきですよ」

「よく言ったおぐおぐ！　オイー！」

「オイー！　左近司先輩ー、オイー！」

マジで仲いいな！

俺は横で満足そうにしている小冬に耳打ちする。

「おまえ、この二人に俺たちが初詣行くこと言ったな」

「言ったけど、なに？」

一切《いっさい》悪びれていないのが逆に清々《すがすが》しい。

はあ、これからは透花さんとのデートに行くときは小冬に知られないようにしないとな。

「すみません、透花さん。俺が小冬に漏らしたばかりにこんな騒がしくなっちゃって」

「いいじゃない、私はみんなでいるのも好きよ」

そう言って笑いながら、

「じゃあ、みんなで参拝しましょう！」

　女上司らしく先導するのであった。

◆

　賽銭箱《さいせんばこ》に五円玉を投げ入れ、俺たちは横並びになって、手を合わせた。

　タイムリープをして、初めて年をまたいだ。

　それは俺と透花さんが社会人をしていた時代から数えて、今、このときが十一年前でなく、十年前になったということ。

　時は進んでいく。

　俺たちは再び、そして、確実に大人になっていく。

　ここに並んだ仲間と共に。

　俺は片目を開けて、隣を見た。

　綺麗だった。

　目をつむり、お祈りする彼女は、あの日、あの神社で見たときと同じように、とても綺麗だった。

　俺は思わずドキッとしてしまう。

未来でも過去でも現在でも。

俺の気持ちは変わらないんだな。

そう、実感した。

◆

参拝を終え、みんなで境内《けいだい》の石段を下りている途中、透花さんが、ふと俺の元へとやってきた。

「七哉くん、私が六月の神社で願ったことってなにかわかる?」

「うーん、まあ、俺と同じで高校時代に戻りたい、ですよね」

「もちろん、そうだけど、もう一つあるの」

「なんですか?」

「デレデレ女子になりたい」

「あー」

「あーってなによ、あーって」

「謎《なぞ》がすべてとけたってときの、あー、です」

「あれね! あの、背景が真っ黒になって、こう、ぴきーんって音と共に光の筋が斜めに入ってくる、あのときのあれね！　私もなったことあるわ！」

「え、なに言ってるかよくわからないんですけど。怖い」

「なによー、ムカつくー」

「あはは、すみません。じゃあ、さっきの参拝ではなにを願ったんですか？」

「それは教えないって言ったじゃない」

まったく、強情《ごうじょう》な人である。

そんな彼女の手を俺は静かに握った。

「これで、教えてくれますよね」

「……もう、しょうがないな」

透花さんは少しほほを赤らめて、照れくさそうに言った。

「そんなの決まってるじゃない。七哉くんとずっと一緒にいられますようにって、お願いしたのよ」

「ベタですね」

「ベタいいじゃない。ベタってことは需要があるってことよ」

「確かに。俺からの需要があります」

「私からの需要があることも忘れないでよ」

「はい、肝《きも》に銘じておきます」

「それで、あなたはなにを願ったの？」

「そんなの決まってるじゃないですか。透花さんとずっと一緒にいられますように、ですよ」

「あー、マネしたなー！」

「あはは！」

俺は透花さんの手を、優しく、そして強く握って、石段を下りる。

いつまでも、この手を離さないように。

「おーい、七っち、メシ食いに行こうぜ！」

「ほら、七哉もカチョーも早く！」

「あー！　ちょっと手繋いでない⁉　ビワ許してないんだケド！」

「本当ですね琵琶子先輩！　阻止しましょう！」

「師匠、小冬も手伝うよ！」

彼女にふさわしい男じゃなくてもいい。

彼女と不釣り合いでもいい。


彼女を幸せにできる男になれれば、それでいい。

俺はみんなに囲まれた、この騒がしい日常の中で、そんなことを思った。

これが俺の二度目の青春。
透花さんとすごす、そして、みんなとすごす、やり直し高校生活だ。

エピローグ　厳しい女上司が高校生に戻ったら俺にデレデレする理由

Why is my strict boss melted by me?

六月の涼しい風が通り抜ける緑の中。

境内《けいだい》に植えられた木々が作る影に身を重ね、俺《おれ》は拝殿の前で手を合わせていた。

十一年前、一度目の二十七歳のとき、俺はこの神社に訪れた。

あの日見た境内のかすかな記憶を頼りに、インターネットで多くの神社の画像を調べた結果、一件だけ、見覚えのある写真を見つけた。

たった一枚の写真だったが、俺は、あの神社であることを不思議と確信していた。

画像のリンクをたどった先にあった、まるでインターネット黎明期《れいめいき》に作られたブログのような、レトロなそのウェブページには、神社の詳細が書かれていた。

そこは恋愛成就《じょうじゅ》で有名な神社だったらしく、昔は多くの人に愛されていた場所だったが、約百年前、火事によって全焼し、民衆から忘れられた存在となってしまったとのことだ。

この世に、もし超常の存在が実在するならば、本当に時代をやり直したいと思っていたのは、そこに祀《まつ》られていた神様なのかもしれない。

俺は手を合わせながら、そんなことを思い、改めて神様に言葉をかける。

「ありがとうございました」

すると、緩《ゆる》やかな風がふき、木々の葉が音を鳴らした。

十一年越しの感謝が伝わったようだ。

二度目の二十七歳となった俺は社《やしろ》に深々と頭を下げ、その場をあとにした。

鳥居をくぐり、境内を出てすぐ、閑静《かんせい》な住宅地にバイクのエンジン音が聞こえる。

そして、俺の目の前に大型の二輪車が停《と》まった。

「ウェイウェーイ、七っちお待たせー！」

「おう、鬼吉《おにきち》、迎えにきてもらって悪いな」

「本当だぜ、七っち。大事な日に、こんななにもないところで、なにしてたんだ？」

バイクにまたがったまま、鬼吉は不思議そうに俺の背後を見る。

そこには深い竹藪《たけやぶ》が広がっていた。

「どうしても、会場に行く前にやっておきたいことを思い出してさ。今日、ここに来れば、必ず会える気がして」

「誰《だれ》に？」

「神様」

俺はそう言って、鬼吉と一緒に竹藪を見つめた。

「七っちは高校のときから、たまによくわかんないこと言うよな」

「あはは、まあ、そうかもな」

「ほら、早くのれよ。式までもう時間ないぞ」

「ああ、すまん」

鬼吉がのるバイクの後ろにまたがり、俺は渡されたヘルメットを被《かぶ》る。

「そんじゃ、ちょっと飛ばすから、しっかりつかまってろよ！」

「おう！　よろしく！」

アクセルをふかし、急加速でバイクが発進する。

タイムリープをしたあの六月から、十一年が経《た》った今日。

俺たちが目指すのは――。

結婚式場だ。

◆

式場のエントランスに着くと、自動ドアの前でドレス姿をした綺麗《きれい》な女性が立っていた。

「あ、七哉《ななや》、来た。もう、あんたってやつは昔からお騒がせなんだから」

「すまんすまん、奈央《なお》」

「まったく、こんな日まで変にヒヤヒヤさせないでよ」

ご立腹の幼馴染《おさななじ》みを前に、俺はひとまず、バイクから降りる。

「七っち、駐車場にバイク停めてくるから、先に奈央と行ってな」

「おう、ありがとうな、鬼吉。愛してるぜ」

「俺もだぜ！」

プロロロロとエンジン音を鳴らして、鬼吉はバイクと共に地下の駐車場へと消えていった。

「あんたら、二十代後半になってまで、まだそんなノリしてるの？」

「男はいつまでも少年なんだよ」

「はいはい、結婚相手は鬼吉じゃないんだからね」

「わかってるよ」

奈央に連れられて式場のロビーに入る。

そして、上の階に移動するため、そのままエレベーターを待った。

「仕事は順調か、奈央？」

「うん、今は留学希望の学生たちをサポートする仕事に就いてるよ。バックパッカーとして海外を渡ってた経験が役に立ってるかな。高校時代に七哉に相談したおかげかもね」

「あんなん相談のうちに入らないし、おまえは俺にその話をしてなくても、同じ道を歩んでたよ」

「なに？　今、七哉は占い師でもやってるの？」

「んなわけねーだろ。ただの平凡なサラリーマン」

「まあ、七哉には平凡がお似合いだからね。人生に疲れたらいつでもわたしのおっぱい貸してやるからな」

「その歳《とし》にまでなって、それ言ってたら、ただの痴女だからやめろ」

「へいへい」

奈央が舌を出したと同時に、ちょうどエレベーターが到着した。

ドアが開くと、二人の女性が現れる。

「あ、お兄ちゃん。なにしてたの？　上カンカンだよ」

「げー、行きたくねー」

出てきたのは小冬《こふゆ》と、

「下野《しもの》先輩、お久しぶりです」

「お久しぶりって、いつも会社のビルで顔、合わせてるじゃん、小栗《おぐり》ちゃん」

「顔を合わせてたって、たいした会話してくれないじゃないですか。皮肉ってやつですよ」

「はいはい」

二人と入れ替わりで俺と奈央はエレベーターにのる。

「おぐおぐと小冬ちゃん、あとでお茶しようね」

奈央が二人に向けて、エレベーターの扉が閉まる前に言った。

「お兄ちゃんよろしくね、奈央ちゃん」

「はい、奈央先輩」

まあ、大人になれば反抗期も終わって、あれほど奈央にツンケンしていた二人も、今じゃ仲良しこよしだ。

エレベーターが俺たちを運んでくれたのは四階。

扉が開くと絨毯《じゅうたん》の敷かれた長い廊下が続く。

「控え室こっちだよ」

「ああ」

奈央に誘導されて歩いていると、ある部屋の前でとてつもないイケメンが待っていた。

「やあ、下野くん。遅かったね」

「す、す、す、すみません唯人《ゆいと》さん！」

「あはは、別に怒ってるわけじゃないよ。中で怒ってる人間の予告ってとこかな」

そう言って唯人さんは親指で扉を指した。

「奈央もご苦労様」

唯人さんが奈央に言う。

「うん、じゃあ、あとは七哉に任せて、わたしたちは下で待機してようか、唯人」

奈央がそれに応《こた》える。

　ああ、言い忘れたが、今の奈央の名前は中津川《なかつがわ》奈央ではない。

　上條《かみじょう》奈央だ。

　いつしか高校時代に行った遊園地のとき、どうやら奈央はえらく唯人さんを気に入ったらしく、俺の知らないところで猛アタックをしていたらしい。

　その結果、二人は夫婦となった。

　去り際《ぎわ》に、唯人さんが俺に耳打ちする。

「下野くん、僕はずっと気になっていたことがあって、一つ仮説を立てた。君たちはもしかしたら、高校時代、未来から精神だけやり直しにきていたんじゃないかってね。いわゆるタイムリープだ。そうだとしたら、いろいろ辻褄《つじつま》が合うことが多くてね」

「な、なにを言ってるんですか唯人さん」

「あはは、あくまで仮説さ。もし、そうだとしたら、元の未来では、僕と奈央は結ばれていたのかな？　違っていたら、歴史を変えてくれた、君たちに感謝だね。僕は今、とっても幸せだ。さあ、次は君の番だよ。行っておいで」

「唯人ー、なにしてるのー。早くー」

「ああ、今、行くよ」

　唯人さんはいつもみたいに爽《さわ》やかなウィンクを俺に見せて、奈央の元へと駆け寄った。

　傍《はた》から見ても、理想的な夫婦だ。

俺は彼の言葉を噛《か》みしめて、控え室の扉をノックする。

そして、扉を開いた。

室内に入ると、長く綺麗な金髪のヘアスタイリストさんが、黒髪の女性をヘアメイクしているところだった。

「うん、イイ感じだね。完成」

「ありがとう、琵琶子《びわこ》」

椅子《いす》に座った黒髪の女性が、鏡を見ながら、彼女の背後に立っているヘアスタイリストさんに、お礼を言う。

俺も彼女たちの横まで行って、ヘアスタイリストさんに頭を下げた。

「ありがとうございます、琵琶子先輩」

「お！　七のすけ、ようやく来たか。どう、透花《とうか》、綺麗でしょ」

今日のヘアメイクを担当してくれた、美容師の琵琶子先輩が、アッチ見ろと目線で合図する。

俺はそれに合わせて、鏡を見た。

美しかった。

ウェディングドレスを着た、俺の最愛の人は、今まで見てきた、なによりも美しかった。

「大遅刻の新郎が今さらなにしに来たのかしら？」

「ドンマイ、七のすけ。当日離婚だけは避けてくれよ」

琵琶子先輩が俺の肩を叩《たた》く。

「び、琵琶子先輩〜。行かないで〜」

「なに言ってるの。二人きりで、夫婦水入らずの時間をすごしなよ。最後のね」

「最後って言わないで〜」

にへへと笑って琵琶子先輩がメイク道具の片付けを始める。

「じゃあ、透花、またあとでね」

「……琵琶子！」

「ん？　どうした？」

「あなたと……あなたと仲良くなれて、本当に良かったわ。ありがとう」

「あはは！　高校生のときは最初あんなにビワのこと避けてたくせに」

「それはあなたがあんなツンケンした態度取ってたからでしょうが！」

「そうだっけ？　十年以上前のことなんて忘れたんだケド。ウケる」

「もう、あなたって人は」

「透花、ビワもアンタと仲良くなれて、すっごく幸せだよ」

「……うん、ありがとう」

「じゃ、七のすけ、頑張んなー」

煌《きら》びやかな金髪をなびかせて、琵琶子先輩は部屋を出ていった。

残ったのは俺と透花さん。

「それで？　大事な大事な結婚式に、どこへ行ってたのかしら？　下野七哉くん」

「うう……透花さん、会社にいるみたいで怖いよ。今日は課長を封印してよ」

「納得いく理由を教えてくれたら、封印してあげる」

まさか、結婚式当日に、この鷹《たか》みたいな鋭い目を見る羽目になるとは。

「神社に行ってきた」

「神社？」

「うん、俺たちが、一度目の社会人時代に訪れた神社」

「あったの⁉」

「あったよ。ちゃんと、お礼を言ってきたよ」

「……そう。あの神社のおかげで、今日の日を迎えられたものね」

透花さんは穏やかな目で天井《てんじょう》を見上げた。

「どう……？　納得する理由だった？」

「うーん、まあ及第点かな」

「辛口！」

「甘く見て、及第点ね」

「命拾いしたってことだね！」

「離婚はなしにしましょう」

「やっぱり視野に入れてたんだ！」

「うふふ、冗談よ」

「もう、怖い冗談言わないでよ」

俺は一呼吸置いて、鏡に映るウエディング姿の彼女を見た。

「素敵だよ、透花さん」

すると、彼女は照れくさそうに、ほほを赤らめる。

「もう、バカじゃないの」

あいかわらずの反応だ。

でも、そんな透花さんを俺は愛している。

「本心を言ったまでだよ」

同じように俺も照れながら言った。

窓から暖かい春の木漏れ日《こもび》がさす。

ふと、透花さんが鏡越しに俺の顔を見て笑った。

そして、穏やかに言う。

「大好きだよ、七哉くん」

優しく笑う彼女は、とても綺麗だった。


人生というのは、わからないことだらけだ。

だからこそ、後悔をやり直したい、そんなふうに思うことが幾度と訪れる。

けれど、時間を遡《さかのぼ》って二度目の人生をやり直したとて、やっぱりそこには多くの未知が待っている。

出会えなかった仲間に出会えたり。

経験してこなかった思い出が増えたり。

不安なことも多いけれど、その分、幸せなこともたくさん待っている。

そんな、わからないことで溢《あふ》れかえった人生の中で、一つだけ、確かにわかったことがある。

厳しい女上司が高校生に戻ったら俺にデレデレする理由。

それは、俺たちが両片思いでなく――。


両思いだからだ。

完

あとがき

徳山銀次郎《とくやまぎんじろう》です。あとがきです。

本編をお読みいただき、ありがとうございます。そして、『厳しい女上司が高校生に戻ったら俺にデレデレする理由』をこれまでご愛読いただき、ありがとうございました。本作はこれにて完結となります。

個人的にこの作品は、作家として歩み始めた私のターニングポイントになったと思っています。ずっと夢だったラブコメを書かせていただき、嬉しいこともあれば、ライトノベルとはなんだろうかと、考えさせられることも多々ありました。そして、多くの応援の言葉をいただき、無事、自分らしい納得のいくラストを迎えられました。

これもたくさんのお力添えがあってのことです。まずは本作に携《たずさ》わっていただいたすべての皆様に、感謝をお伝えいたします。ありがとうございました。

またこの作品を語るに欠かせない、大きなお力をいただいた、よむ先生にも、改めてお礼申し上げます。

思い返せば、イラストレーターさんがまだ決まっていない、シリーズ一巻の初稿段階では、私の脳内イメージでキャラクターを動かしていました。しかし、よむ先生にイラストを担当していただくことになり、初めてデザインを拝見したとき、私の中にいたキャラクターたちが現実に具現化されたかのようで、それ以降は、よむ先生が描く透花《とうか》、よむ先生が描く七哉《ななや》たちが、私の脳内を縦横無尽《じゅうおうむじん》に動き回り始めました。

よむ先生の描く透花が好きすぎて、初夢に出てきたくらいです。笑
透花たちに命を吹き込んでいただき、本当にありがとうございました。

そして、二人三脚で一緒に走ってくれた担当様にも大変感謝しております。担当様のおかげで、とてもいい作品ができたと思っております。これからも、よろしくお願いします。

最後に『厳しい女上司が高校生に戻ったら俺にデレデレする理由』をこの四巻まで追い続けていただいた読者の皆様。新人作家だった私に、勇気と愛をたくさんプレゼントしてくださり、ありがとうございました。ささやかですが、最高の四巻をお届けできればと頑張りました。お楽しみいただけていたら幸いです。

と、お別れムードを出していますが、実は『厳しい女上司が高校生に戻ったら俺にデレデレする理由』はまだお別れしません！

コミカライズ化されます！　漫画になった課長たちがまた大暴れしますので、ぜひ、お楽しみに！

というわけで、これからも末永く、よろしくお願いいたします。

徳山銀次郎

ファンレター、作品の
ご感想をお待ちしています

〈あて先〉

〒106－0032
東京都港区六本木2－4－5
ＳＢクリエイティブ（株）
GA文庫編集部 気付

「徳山銀次郎先生」係
「よむ先生」係

本書に関するご意見・ご感想は
右の QR コードよりお寄せください。

※アクセスに発生する通信費等はご負担ください。

https://ga.sbcr.jp/

厳しい女上司が高校生に戻ったら俺にデレデレする理由４
～両片思いのやり直し高校生生活～

発　行　　2022年1月31日　初版第一刷発行
著　者　　徳山銀次郎
発行人　　小川 淳

発行所　　SBクリエイティブ株式会社
〒106－0032
東京都港区六本木2－4－5
電話　03－5549－1201
03－5549－1167（編集）

装　丁　　杉山 絵

印刷・製本　中央精版印刷株式会社

ISBN978-4-8156-1252-8
Printed in Japan　　GA文庫

第15回
GA文庫大賞
GA文庫では10代～20代のライトノベル読者に向けた
魅力あふれるエンターテインメント作品を募集します！
世界を書き換えろ！
イラスト／ファルまろ
大賞賞金300万円＋ガンガンGAにてコミカライズ確約！
◆募集内容◆
広義のエンターテインメント小説（ファンタジー、ラブコメ、学園など）で、日本語で書かれた未発表のオリジナル作品を募集します。希望者全員に評価シートを送付します。
※入賞作は当社にて刊行いたします。詳しくは募集要項をご確認下さい。
応募の詳細はGA文庫公式ホームページにて
https://ga.sbcr.jp/